衡阳记忆 音乐里的

主编 ◎ 谢虹

湖南人民出版社·长沙

传承红色基因 建设美丽衡阳

　　衡阳是一片有着光荣革命传统的红色热土，革命烈士、革命遗址、革命事迹众多，湘南学联、岳北农工会在衡阳成立，湘南起义、水口山工人运动、衡宝战役在衡阳发生，毛泽东、夏明翰、罗荣桓等革命先辈与衡阳的红色历史息息相关。时代潮流，浩浩荡荡，在百年衡阳波澜壮阔的革命、建设、改革、复兴征程中，无数革命先烈、仁人志士留下了可歌可泣的故事，用生命与热血铸就了永恒的精神丰碑。

　　进入新的一百年，站在新的历史起点，为了认真贯彻落实习近平总书记"把红色资源利用好、红色传统发扬好、红色基因传承好"的重要指示，衡阳积极保护开发革命遗址遗迹，全面挖掘梳理衡阳红色文化相关内容，广泛开展各类宣传教育活动，希望能在红色资源这座文化精神宝库和广大干部群众之间搭建起一座座宽敞的桥梁，真正把红色基因传承好。推动红色基因传承工作要坚持立足现实、守正创新。

　　立足现实，以人民为中心，是传承红色基因的坚实基础。衡阳作为一方红色热土，有着丰厚的红色文化资源。我们要立足本土资源，研发通俗化、生动化的学习内容，重点突出本土特色，接地气，让人民群众能够主动接受认可，将红色基因的精神力量融入到广大人民群众中，内化为人们日常生活的价值准则和行为规范，形成见贤思齐、崇德向善、积极向上的浓厚氛围。

锐意改革，不断创新，是传承红色基因的不竭动力。红色基因的传承不能因循守旧，只有融入新时代发展的不断实践创新，才是其得以传承的根本基础。中国特色社会主义建设进入新时代，随着经济发展、互联网新媒体技术普及，红色基因的传承也要跟上时代的步伐，不断改进和创新传承的形式、载体、方法、手段，让历经洗礼的红色资源"火起来"，让无比珍贵的红色传统"活起来"。

不忘初心，牢记使命，代代相传，是传承红色基因的重要保障。传承红色基因的主体是一代又一代中华儿女，我们要重视青年一代的红色基因传承问题，将红色文化融入教育事业中，引导广大青年积极参观红色场所、参加红色活动、追忆红色事迹，使红色基因渗进血液、浸入心扉。只有把红色基因一代又一代传承好，才能增强中国特色社会主义的吸引力、凝聚力和前进的动力，让中国特色社会主义建设不断从胜利走向胜利。

"每一代人有每一代人的长征路"，把衡阳精神血脉里的红色基因传承好，是我们这一代衡阳人义不容辞的责任。近年来，我们在这方面做了很多的探索和努力，也有一些不错的成果。中共衡阳市委党史研究室组织编写的《音乐里的衡阳记忆》就是一次有效的创新实践。

这本书用与衡阳紧密相连的红色歌曲引出衡阳百年来涌现出来的英雄模范人物故事，记载了衡阳籍共产党人对共产主义事业忠贞不改初心、宁死不弃信仰的英勇事迹，充分展现了百年来衡阳人民敢于牺牲、为国奉献、砥砺前行的精神风貌。这本书用音乐引出红色故事，用视频丰富呈现形式，将红色故事娓娓道来，让精神力量浸润人心，可以说是一本有特色、有创新、有思想的优秀读本，对推进衡阳市党史学习教育、传承红色基因具有积极意义。

进入新时代，面临新挑战，肩负新使命。当前，衡阳人民高举习近平新时代中国特色社会主义伟大旗帜，牢记习近平总书记的殷切嘱托，为加快实现"三高四新"的美好蓝图，大力推进"制造立市、文旅兴城"的发展战略，加快推进区域中心化进程，如一只朝气蓬勃的大雁，振翅飞向更加辉煌灿烂的未来。习近平总书记深刻地指出："中国革命历史是最好的营养剂。"我们相信，通过这部图书，广大读者特别是党员干部，一定能在感悟夏明翰"砍头不要紧，只要主义真"的慷慨宣言中，筑牢信仰之基；一定能在阅读衡宝战役浴血奋战的英雄事迹中，坚定奋进之志；一定能在回顾衡阳工业发展的艰辛历程中，夯实行动之源；一定能从所有这些动人的衡阳故事中，汲取磅礴的精神力量，赓续红色基因，在实现"两个一百年"奋斗目标的征程上、在建设美丽幸福新衡阳的实践中，不忘初心、牢记使命、奋勇前行。

目录

衡阳故事

第二章 峥嵘岁月稠

岁月留声

衡阳故事

衡阳故事

第一章　只要主义真

衡阳是革命老区，更是英雄辈出的热土。在新民主主义革命时期，衡阳人积极参与反帝反封建斗争，奔赴保家卫国的战场，他们勇往直前、不怕牺牲、敢于斗争，磨炼坚定的理想信念，用血与火谱写了苦难辉煌的篇章。

岁月留声

● 20 世纪初的衡阳城

国民革命歌

打倒列强，打倒列强，

除军阀，除军阀。

努力国民革命，努力国民革命，

齐奋斗，齐奋斗。

工农学兵，工农学兵，

大联合，大联合。

打倒帝国主义，打倒帝国主义，

齐奋斗，齐奋斗。

打倒列强，打倒列强，

除军阀，除军阀。

国民革命成功，国民革命成功，

齐欢唱，齐欢唱。

　　20世纪20年代的中国，军阀林立，政局混乱，境外势力猖獗，社会动荡不安。在这样的大环境下，国共两党开展广泛合作，积极酝酿着大规模的北伐战争。"打倒军阀，打倒帝国主义"就是这场战争最响亮的口号，《国民革命歌》应运而生。

　　《国民革命歌》的作者是衡阳籍革命烈士邝鄘。国民大革命初期，为鼓舞士气、动员民众，邝鄘以一首法国著名的儿歌为基调，重填歌词，创作了这首歌。他将简单却不失气势的词句融入熟悉的曲调，唱来朗朗上口、直抒胸臆。当时黄埔军校的政治部主任邓演达、副主任郭沫若听后很是满意，将其定为国民革命军军歌，印发给各个部队，使其得以广泛而迅速的传唱，成为北伐军一往无前的战斗号角。

　　北伐军一路高歌猛进，所到之处，群众夹道欢迎，高声齐唱《国民革命歌》。1926年7月2日，鉴于这首歌的巨大影响力，广州"中华民国国民政府"宣布将其作为代国歌。

就义歌

词｜夏明翰、刘伯坚

戴镣长街行，
告别众乡亲。
砍头不要紧，
只要主义真。
杀了我一个，
自有后来人。
杀了我一个，
自有后来人。

　　《就义歌》的歌词由夏明翰和刘伯坚烈士的遗诗改编而成，由安波和时乐濛作曲，1964年10月2日在庆祝中华人民共和国成立15周年的大型音乐舞蹈史诗《东方红》中隆重首演。这首歌气势恢弘、铿锵有力，充分展示了共产党人视死如归的英雄气概和信念如钢的革命精神。

　　1927年4月12日，蒋介石在上海发动四一二反革命政变。紧接着又发生马日事变、沁日事变，衡阳有3200多名共产党员和革命群众惨遭杀害。夏明翰怒火万丈，悲愤写道："越杀胆越大，杀绝也不怕。不斩蒋贼头，何以谢天下！"面对白色恐怖，夏明翰没有被吓倒，而是一往无前继续革命。1928年初，夏明翰调任湖北省委工作。3月18日，因叛徒出卖，夏明翰被国民党逮捕。在狱中，他经受百般折磨仍坚贞不屈，写下了气壮山河的《就义诗》："砍头不要紧，只要主义真。杀了夏明翰，还有后来人！"随后慷慨就义，壮烈牺牲。2009年，夏明翰被评为"100位为新中国成立作出突出贡献的英雄模范人物"之一。

我是一个兵

词｜陆原、岳仑

我是一个兵，

来自老百姓，

打败了日本侵略者，

消灭了蒋匪军。

我是一个兵，

爱国爱人民，

革命战争考验了我，

立场更坚定。

嘿！嘿！嘿！枪杆握得紧，

眼睛看得清，

谁敢发动战争，

坚决打他不留情。

　　1949年9月，衡宝战役打响。10月8日，衡阳全境解放。10月16日，衡宝战役胜利结束。这次战役共歼灭白崇禧4个精锐师，歼敌47000余人，生俘将级军官19名，解放了衡阳、宝庆等10余座城市及湖南西南部大部分土地，为解放军顺利进军广西，消灭白崇禧集团，解放华南、西南创造了极为有利的条件，也为刚刚成立的中华人民共和国献上了一份厚礼。

　　1950年6月，文艺工作者陆原和岳仑所在的第四野战军某师驻扎在祁阳县城（当时隶属衡阳）。一天，两人被连队墙报上一首军旅打油诗吸引住了，打油诗开头是这样的："俺是一个老百姓，扔下锄头来当兵。"受抗战文化熏陶和衡宝战役亲身经历的影响，陆原、岳仑根据战士们具有代表性的个人经历，采用熟悉的民间调式，以顺口溜这种特有的艺术表现形式，加工并创作出歌曲《我是一个兵》。歌曲主题鲜明、简洁质朴、朗朗上口、铿锵有力，除了唱出"爱国爱人民"这样的战士心声之外，更通过"来自老百姓"这句最朴实的话，体现出了中国人民解放军军民一体、军民一心的建军传统。后来，这首歌被解放军总政治部列为全军必唱歌曲。

衡阳故事

● 衡阳解放时入城的小战士

星火起湘南

———————————————— 湘南学联

　　五四运动爆发后，衡阳学界在夏明翰、蒋先云、黄静源等人的组织领导下，于 1919 年 6 月 7 日成立了湘南学生联合会（简称"湘南学联"），会址设在衡阳湘江东岸浮桥公所。湘南学联传播新思想，组织和领导的学生运动、工农运动，为湘南地区党组织的创建和革命运动的开展，作出了突出贡献。

　　在湘江东岸古老的粤汉码头旁，至今还保留着一座青砖墙垒砌起来的古建筑。这座前后两进、占地 900 平方米的南方小院，始建于 1902 年，最早叫作浮桥公所，是湘江上专门管理浮桥的一个社会机构。直到 1919 年，几个年轻人来到了这儿，它也迎来了一场"红色"蜕变。

　　1919 年五四运动爆发后，湖南学生在新民学会的组织下成立了湖南学生联合会，彼时各地积极响应，尤以衡阳为烈。当时的衡阳是湘南的文化与教育中心，在全国学联和省学联的影响下，衡阳学界在夏明翰、蒋先云、黄静源等人的组织领导下，成立了湘南学生联合会，这一天是 1919 年 6 月 7 日。浮桥公所就此挂上了"湘南学生联合会"的牌子。

当时的衡阳有省立第三师范学校、第三女子师范学校等省立学校，都是湘南最好的学校。通过招生，湘南24县的优秀青年纷至沓来，于是，一批又一批的爱国学子加入了湘南学联。这时，富有学生工作经验的夏明翰，很快就与在第三师范就读的蒋先云一起发动了湘南24个县的学生罢课和抵制日货等运动，夏明翰更是带领调查组和学生义勇军到仓库、商店清查日货，并举行焚烧日货大会，此举极大地提高了学联的影响力。夏明翰成为湘南学联第二任总干事，负责学联刊物《湘南学生联合会周刊》的主编和发行工作。湘南学联一度成为"五四"时期湘南学生运动与新文化、新思想传播的中心。

群雁高飞头雁领。中国共产党创建初期，毛泽东对衡阳的学生运动和工农运动高度关注，1921年10月到1925年8月，他四次来衡阳，两次住在湘南学联。

毛泽东第一次来衡阳是为了建立党团组织，他深入三师、三中、三女师、三甲工等学校调查情况，听取衡阳进步组织心社负责人的汇报，并在心社骨干成员中发展党员。蒋先云、黄静源、唐朝英、蒋啸青等四人加入了中国共产党，成为衡阳第一批中共党员。随即，衡阳第一个党小组——中共湖南省立第三师范小组，衡阳第一个团支部——社会主义青年团湖南省立第三师范支部相继成立。从此，衡阳的革命活动在中国共产党的领导下热火朝天地开展起来。

红色是湘南学联的底色。从 1919 年 6 月创建，到 1927 年 5 月沁日事变后被迫解散，历经 8 年共 16 届，它为中国革命培养了一大批优秀人才。农运先锋毛泽建、北伐名将蒋先云、工运领袖黄静源、革命先烈夏明翰，他们都为中国革命献出了自己年轻的生命，成为中华民族史册上流芳百世的著名烈士。还有许多学联成员在中华人民共和国成立后成为党和国家的著名领导人，如陶铸、黄克诚、江华等。

● 毛泽东在湘南学联时的住房

最早的农民银行在衡阳

柴山洲特别区第一农民银行 ————————

1926 年 10 月，湖南省农运特派员贺尔康组织成立柴山洲特别区第一农民银行，发行了面额为壹圆的白竹布货币，对赤贫户发放贷款，平抑粮价，兴办农民消费合作社，这是中国共产党创建的第一家革命银行。

1925 年，毛泽东派共产党员贺尔康到衡山柴山洲（今属衡东县）指导农民运动。贺尔康到达衡山后，深入柴山洲秘密发展农会会员，培养发展文海南、夏仁和、夏兆梅等农会积极分子为中共党员，成立中共柴山洲支部、柴山洲特别区农民协会，开展轰轰烈烈的革命运动。

为解决农民深受高利贷盘剥之苦的问题，抗击反动政府统治的金融市场，贺尔康组织农会会员对土豪劣绅侵吞的公产、祠产进行清算，并开展减租、减息、减押斗争，筹备成立以发放贷款、维持生活、扶植生产为目的的农民银行。1926 年 10 月，柴山洲特别区第一农民银行在夏拜公祠成立，推选文海南、夏兆梅为正、副经理，并发行白竹布货币共 5800 张。

● 柴山洲特别区第一农民银行旧址

布币长约13厘米，宽约7厘米，面额为1元，加盖经理印章，与银元1元等值，可用于购买实物商品、缴纳学费等，流通于衡山、湘潭一带，受到农民群众的广泛欢迎。

农民银行向农户发放生产、生活贷款，并平抑粮价，兴办农民消费合作社。银行取低利，月息五厘，并向消费合作社贷款，帮助经营各种农业生产物资及农民所需油盐杂货等日用消费品。农民银行和合作社的开办，使柴山洲特别区的农民摆脱了高利贷和奸商的剥削和压榨。贺尔康还在农民银行开办农民夜校，传播科学文化知识，向民众宣传革命。1927年1月，毛泽东到衡山考察农民运动，对开办农民银行给予了高度赞扬。

正当农民协会和农民银行办得红火的时候，蒋介石在上海发动了四一二反革命政变，随后又发生了马日事变，衡山数百名共产党员和农会干部牺牲，农民银行遭到严重破坏而被迫停止活动。

柴山洲特别区第一农民银行营业时间虽然只有短短一年，但在党的金融史上具有开先河的意义，它是我们党领导创建的第一家革命银行，是中国金融的文化象征和历史符号，代表着共产党人"来自人民、植根人民、服务人民"的初心与使命，发行的白竹布货币是迄今为止发现最早的红色货币。

毛泽东考察衡山农民运动

——————————— 《湖南农民运动考察报告》

为回击和驳斥党内外对农民运动的责难，1927 年 1 月 4 日至 2 月 5 日，毛泽东用 32 天，实地考察了湘乡、湘潭、衡山、醴陵、长沙县的农民运动情况。在获得了大量的第一手资料后，他撰写了著名的《湖南农民运动考察报告》，全文 1.7 万余字，成为无产阶级及其政党领导农民革命斗争的纲领性文件。

在百年党史中，衡阳农民运动具有重要地位。1923 年夏，在毛泽东的指派下，水口山工人运动领袖刘东轩回到家乡衡山白果，创立岳北农工会，组织农民开展减租、减息、退押、平粜等反封建反压迫斗争，深受农民拥护。到 11 月，岳北农工会会员发展到 10 万多人。岳北农工会是湖南农民运动的第一面旗帜，也是全国第一个工农联合革命组织，它播下的火种很快蔓延到三湘四水。

1926 年底，如火如荼的湖南农民运动却遭到了国民党右派，以及党内部分右倾错误领导的怀疑和责难。"没有调查，就没有发言权。"长期从事农民运动研究，并担任中共中央农民运动委

● 左图为毛泽东 1927 年在武汉时的照片，右图是他从湖南回武汉后写的考察报告

员会书记的毛泽东决心实地考察一下，看看农村的实际情况究竟是怎么一回事。

1927 年 1 月，毛泽东身着蓝布长衫，脚穿草鞋，手拿雨伞，开始了在湖南境内的考察。30 多天的行程中，毛泽东在衡山停留了 10 天左右，有了很多新奇的发现，直观而深入地了解了衡山农民运动的情况。

在衡山县白果乡，人们告诉他，农民掌了权，土豪劣绅、不法地主完全被剥夺了发言权，不敢说半个"不"字，毛泽东听后赞不绝口，他说，岳北农民敢于在军阀赵恒惕的胞衣地里闹革命，就像《西游记》里的孙大圣钻进铁扇公主的肚子里一样。

毛泽东了解到，白果妇女为谋解放，积极参加农民运动，反抗封建政权、族权、神权、夫权的压迫，具有前所未有的热情和革命精神。其中最有名的事迹是白果妇女闹祠堂。当时，衡山县各族姓都有宗祠，宗族长老手握大权，随意给族人加罪，施以打屁股、坐牢、沉潭、活埋等肉刑或死刑，不准妇女抛头露面，不让妇女进祠吃酒。那年冬至，刘氏宗祠内铳炮连天，摆了几十桌酒席，热闹非凡，准备开席吃酒的时候，白果女界联合会30多名留一色齐耳短发的妇女，手持梭镖、短棍，闯进祠堂，坐下来便吃酒，一群族尊老爷们气急败坏，却又毫无办法。从此女子进祠堂吃酒变得名正言顺。毛泽东聚精会神地听着妇女们的讲述，并不断地竖起大拇指，连声称赞说："干得好！干得好！"

在福田铺，毛泽东了解到此处农运斗争大力禁赌、禁鸦片，社会风气也变得清朗了。在世上冲农协，毛泽东召开了群众大会，农民踊跃参加，斗志昂扬，毛泽东深为感动。

在衡山县，毛泽东听取各方报告，接触各界人士，收集了衡山工、农、青、妇、商等方面的情况，高度评价了衡山的农民运动。

这次在湖南境内的考察，让毛泽东看到了一个新的天地，对农民运动的认识更清楚了，他见识到了农民的斗争精神，看到了农村革命的力量。不久之后，他把衡山农民运动的情况和湖南农民运动的成就都写进了《湖南农民运动考察报告》里。在报告中，他说"农运好得很"，并说要"推翻地主武装，建立农民武装"。

视死如归的邝鄘

邝鄘，又名光炉，衡阳耒阳县仁义乡邝家村人。他家境贫寒，从小到大学习成绩都很优秀。25岁时，邝鄘考入国立北平大学（今北京大学），并在求学期间加入了中国共产党。

1924年，邝鄘受党组织派遣，考入黄埔军校第二期。由于表现突出，他毕业后得以留在军校政治宣传科工作，并在北伐战争打响之际创作了《国民革命歌》。

北伐军势如破竹，连连取得胜利，可国民党反动派竟叛变了革命，将枪口转向共产党人。身为共产党员的邝鄘毅然与国民党决裂，开始了对国民党反动派的斗争。

1928年5月底，邝鄘带领警卫员和勤务员准备回乡发动群众，中途被敌人发现。敌军头目一声令下，敌人蜂拥而至，将三人团团围住。邝鄘见状，迅速反应过来，高呼："分头跑！"三人往不同的方向突围而去，警卫员和勤务员二人分别脱险，邝鄘却不幸被捕。

国民党为诱降邝鄘，对他各种威逼利诱，可他丝毫不为所动。敌人只好决定处死他。行刑前，敌人还逼迫他留下一纸"自首书"，要他陈述自己的"罪过"。邝鄘早已视死如归，浅浅一笑，用戴着镣铐、伤痕累累的脚夹住毛笔，毅然写下八个大字："杀了邝鄘，还有邝鄘。"

1928年6月15日，邝鄘被敌人杀害于耒阳古塘村，终年31岁。

夏明翰的三封红色家书

夏明翰

夏明翰，祖籍湖南衡阳县。1921年，经毛泽东、何叔衡介绍，夏明翰加入中国共产党，从此踏上革命道路，成为中国共产党创建时期和大革命时期著名的革命活动家。

谢觉哉曾这样回忆："什么地方需要人，他就到什么地方去……1920年到1924年间，明翰同志参加各项工作，都做得很好。"

1928年初，夏明翰奉调湖北工作。不久，因叛徒出卖，他在汉口不幸被捕。在狱中，敌人对夏明翰施以酷刑，劝他投降，但被严词拒绝。在即将就义之际，夏明翰在狱中强忍伤痛，饱含深情地给母亲、大姐、妻子写下了最后三封家书。这三封家书，充分显露出他对家人的眷恋和对革命的信念。

在给妻子郑家钧的信中，夏明翰写道："抛头颅、洒热血，明翰早已视等闲。'各取所需'终有日，革命事业代代传。红珠

● 1927 年春，夏明翰与妻子郑家钧在武昌

留着相思念，赤云孤苦望成全。坚持革命继吾志，誓将真理传人寰！"他将革命的希望寄托在刚刚出生不久的女儿赤云身上——"赤云"二字意为红色的云彩，象征着革命的成功。

在给母亲的信中，夏明翰写道："亲爱的妈妈，别难过，别呜咽，别让子规啼血蒙了眼，别用泪水送儿别人间。儿女不见妈妈两鬓白，但相信你会看到我们举过的红旗飘扬在祖国的蓝天！"

夏明翰在长沙从事地下工作时，就住在大姐夏明玮家里。他在信中向大姐表明了志向："人该怎样做，路该怎样走，要有正确的答案。我一生无遗憾，认定了共产主义这个为人类翻身解放造幸福的真理，就刀山敢上，火海敢闯，甘愿抛头颅，洒热血！"

这三封饱含不舍深情和赴死决心的家书，被夏明翰的狱友们偷偷藏好，然后秘密传出牢房。

　　无数仁人志士在夏明翰精神的感召下，高举"只要主义真"的旗帜，为革命事业前仆后继。而夏明翰家书中所期待的"我们举过的红旗飘扬在祖国的蓝天"，终得实现。

罗荣桓非凡风采映山东

—— 罗荣桓

罗荣桓，1902 年生，湖南衡山南湾村（今属衡东）人。1927 年加入中国共产主义青年团，同年转为中国共产党党员。

1939 年 3 月，根据中共中央的战略安排，罗荣桓率领一一五师挺进山东，卓有成效地开辟了山东抗日根据地。1962年，毛泽东对罗荣桓在山东的工作给予高度评价："山东只换上一个罗荣桓，全局的棋就下活了。"确实如此，山东的棋下活了，全国的棋也就活了。因为山东把所有的战略点线都抢占和包围了——北占东北，南下长江。7 年的烽火岁月，罗荣桓在山东演绎了一出出威武雄壮的活剧。3.6 万平方千米的土地，留下了他的光辉足迹；1200 多万山东百姓，见证了他的非凡风采。

1941 年，日军对山东抗日根据地频繁"扫荡""蚕食"。罗荣桓开创性地提出"翻边战术"，即把主力部队部署在靠近敌人的根据地边沿地区，当敌人"扫荡"时"敌进我进"，趁敌人的包围圈尚未收紧还有较大空隙时，由根据地边沿游击区"翻"到敌人后方去。1941 年 11 月，日军调集 5 万多人，对沂蒙山区发动多路、多梯队的"铁壁合围"。罗荣桓等 2000 余人被敌军合围在留田一带，大家在突围方向上意见不一。是向东进入滨海根据地，向西进入蒙山，还是向北同山东纵队会合？罗荣桓认真分析敌情后，主张向南从临沂方向突围，因为临沂虽是敌人大本营所在，但其兵力已集中到北部沂蒙山区，后方必定空虚，且敌人会认为八路军不敢向其老巢前进，该主张得到大家一致赞同。队

● 衡东县荣桓镇南湾村罗荣桓故居

伍向南后，在敌人的缝隙中迂回穿插，我军未费一枪一弹，未损一兵一卒，便安全跳出敌人的重重包围圈，堪称中国抗战史上的奇迹。留田突围也成为"翻边战术"的成功案例，被其他抗日根据地广泛借鉴运用。

罗荣桓把政治工作更是开展得出神入化。为争取伪军改邪归正，他要求各地采用点"红黑点"、记"善恶录"的办法，对伪军展开政治攻势。伪军人员中谁做了一件对人民有利的事，就给他记个"红点"，做了坏事就记个"黑点"，记红点可赎罪，记黑点要受罚。对伪军宣传时不断公布记录结果，对不接受警告的伪军坚决打击镇压。各区还积极利用伪军家属争取和瓦解伪军，开展"唤子索夫"运动，开展"身在曹营心在汉"宣传。在1945年大反攻中，就争取了王道、莫正民、张希贤、韩寿臣等四大股伪军共1.1万人反正。为加速日军的瓦解，罗荣桓组织各战略区通过向敌人喊话，深入敌占区写标语、发传单、画漫画，樱花节时给日军据点送宣传品、慰问袋等，促使一大批日本士兵思家、厌战、反战情绪的滋长。

"上马能挥刀杀敌，下马能春风化雨。"罗荣桓领导的山东抗日根据地，发展正规军队27万人，为抗日战争、解放战争的胜利作出了不可磨灭的贡献。罗荣桓去世后，毛泽东参加他的追悼会，写下"君今不幸离人世，国有疑难可问谁"的诗句，表达了对罗荣桓的无限信赖、倚重和惋惜之情。

上马杀贼，下马学佛

南岳佛道救难协会

1939 年初，国共两党在南岳衡山联合开办游击干部训练班，一时之间，南岳民众抗日情绪高涨，也激发了南岳宗教界人士的抗日热情。在周恩来、叶剑英的指导下，1939 年 5 月 7 日，湖南宗教界第一个抗日救亡组织——南岳佛道救难协会在南岳祝圣寺正式成立。

1939 年 4 月，时任中共中央军委副主席和国民政府军委会政治部副部长的周恩来，前往南岳游击干部训练班检查工作，在接见南岳演文法师和巨赞法师时，得知他们正在筹划组织抗日救亡团体，决心为抗日事业尽一份力量。

周恩来看了巨赞法师的《南岳佛道救难协会告各地救亡团体同志书》后，连声称赞道："好！你们这个举动好极了！全国数十万佛道教徒团结起来，那就'法力无边'啦！"他当场挥毫写下"上马杀贼，下马学佛"八个大字。

巨赞法师望着题词，沉吟了一会儿，说道："弟子斗胆请教，先生题词'杀贼'与'学佛'联系在一起，与教义是否相符？"

周恩来笑着解释说："阿罗汉的第一个汉译是'杀贼'。不

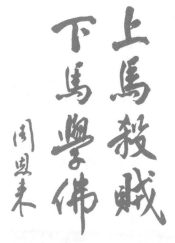

● 周恩来为南岳僧人题词手迹

杀烦恼之贼，就成不了阿罗汉。我写的是'杀贼'，不是'杀人'，这个'贼'当然是指佛教中所指的不能容忍的歹徒。现在日本强盗正在大批杀戮我同胞，我们不把杀人的贼杀掉，怎么普度众生？这是善举，杀贼就是为爱国，也是为了佛门的清净。你们出家人只出家，没有出国，所以同样要保国、爱国。抗战就是杀贼，杀贼就是抗战爱国。"

巨赞法师听后激动地说："周先生真是博学，精于教义，通晓佛理。我明白了，只有上马杀贼，才能下马学佛。我们出家人也要投身抗日，手持戒刀，上马杀贼。"

在周恩来、叶剑英的指导下，南岳佛道救难协会于1939年5月7日在祝圣寺成立，巨赞法师挥毫写下一副对联："身在佛门，愿不惹人间是非；国有大难，今显出炎黄本色。"

"上马杀贼，下马学佛"八字，给佛教界以极大的鼓舞，一大批"看破红尘，不问尘事"的南岳佛道教徒挺身而出，赴衡阳、湘潭、长沙、桂林、重庆等地开展抗日救亡活动，在轰轰烈烈的抗日救亡运动中，用血与火谱写了宗教界爱国主义运动的辉煌篇章，成为中国抗战历史上一段动人传奇。

● 纪念南岳佛道救难协会成立 80 周年学术研讨会会场

狼牙山五壮士之一——葛振林

葛振林，1917年出生于河北保定一个贫苦农村家庭，1937年投身革命，1940年加入中国共产党。1941年在狼牙山阻击日军战斗中，葛振林与四位战友宁死不屈，壮烈跳崖，他和宋学义被挂在树上，幸免于难。

巍巍燕山高，萧萧易水寒。

英雄五壮士，威震狼牙山。

80多年前，五壮士在狼牙山纵身一跃的画面，被定格在伟大的中华民族抗日战争的功勋册中。

1941年8月，侵华日军华北方面军对晋察冀边区所属的北岳、平西根据地进行毁灭性"大扫荡"。9月，日伪军3500余人围攻易县城西南的狼牙山地区，企图歼灭该地区的八路军和地方党政机关。晋察冀军区第一军分区某部第七连奉命掩护党政机关、部队和群众转移。完成任务后，七连决定留下第六班班长马宝玉、副班长葛振林及宋学义、胡德林、胡福才等共五名战士担负后卫

● 狼牙山五壮士之葛振林

阻击任务，掩护全连转移。

为了拖住敌人，五名战士一边痛击追上来的敌人，一边有计划地把大批敌人引上狼牙山。他们利用险要地形，把冲上来的敌人一次又一次地打了下去，令敌人始终不能有所突破。五位战士胜利地完成了掩护任务，准备转移。面前有两条路：一条通往主力转移的方向，走这条路可以很快追上连队，但也有可能把敌人引过去；另一条是通往狼牙山的顶峰棋盘陀，那儿三面都是悬崖绝壁。走哪条路？五位壮士义无反顾向棋盘陀走去。

五位壮士一面向顶峰攀登，一面依托大树和岩石向敌人射击。子弹打完了，就用石头砸。最后，能用的石头也搬光了，只剩下马宝玉手中唯一的一颗手榴弹。大家都明白，这颗手榴弹是留给自己的，都不自觉地靠近了马宝玉。但是看着还在疯狂进攻的敌人，马宝玉果断地把最后一颗手榴弹也甩向了敌群。

五位壮士屹立在狼牙山顶峰，眺望着群众和部队主力远去的方向，纵身跳下悬崖。"打倒日本帝国主义！""中国共产党万岁！"气壮山河的口号声回荡在狼牙山群峰峡谷中，让山川呜咽、百鸟哀鸣。

班长马宝玉，战士胡德林、胡福才壮烈殉国，副班长葛振林与战士宋学义幸被树枝挂住，才得以奇迹生还，但两人均摔成重伤。五位战士的壮举，表现了崇高的爱国主义、革命英雄主义精神和坚贞不屈的民族气节，被人民群众誉为"狼牙山五壮士"。

壮士的辉煌，不只在狼牙山上。跳崖之后，葛振林的革命生涯并没有结束。抗战结束后，他历经张家口、太原等战役，一直战斗到抗美援朝。

1981年，葛振林从湖南省军区衡阳军分区后勤部副部长的岗位上离休后，把晚年的大部分精力用在关心青少年成长上。他曾任衡阳市关心下一代工作委员会副会长，担任衡阳市20多所中小学校、全国近200家中小学校的校外辅导员，并应邀到全国十多个省市的部队、机关、学校、厂矿以及监狱、劳改农场等单位，作报告600余场次。

在那纵身一跃的悲壮之后，葛振林用自己漫长的一生反复证明了自己的英雄本色。

铁道奇兵文立正

文立正

文立正，又名文立征、文立徵，1911 年 4 月出生在衡山县东湖镇天柱村一个军官家庭。1934 年考入北平辅仁大学，1938 年加入中国共产党，1943 年任鲁南独立支队代理政委兼铁道游击队政委。

西汉时期，大将霍去病饮马瀚海，面对汉武帝的府邸封赏，他留下了"匈奴不灭，无以家为也"的千古名句。两千多年后，日寇侵我中华，文立正毅然投笔从戎，浴血抗战。当继祖母急迫催问婚事时，他也做了相似的回答："日寇未灭，何以家为？"意思是：抗战不胜利，根本不考虑成家。

在任铁道游击队政委期间，文立正腰揣两支手枪，头戴破毡帽，身着棉衣，脚穿草鞋，采用灵活机动的游击战术，率领当地军民扒飞车、断铁轨、炸火车、袭洋行、毁桥梁、夺机枪，打得日寇丢盔弃甲、闻风丧胆，掩护了一批又一批来自延安的党政军干部安全越过敌人封锁线，成为赫赫有名的抗日英雄。

● 衡山县东湖镇天柱村文立正故居

文立正不仅骁勇善战，还在前线教战士们读书写字，传播党的思想。文立正走到哪里，就把党的声音带到哪里，他深得干部、战士和人民群众的拥护，大家亲切地称他"文老师"。

1945年2月，因叛徒告密，文立正不幸牺牲，时年34岁。文立正用年轻的生命诠释了两千多年来不屈不挠的民族魂、英雄胆。这位从辅仁大学走出的铁道游击队长可歌可泣、愈传愈奇的事迹，也将永远被我们铭记，一代代传颂下去。2015年8月，文立正入选民政部公布的第二批在抗日战争中顽强奋战、为国捐躯的600名著名抗日英烈和英雄群体名录。

"西边的太阳快要落山了，微山湖上静悄悄，弹起我心爱的土琵琶，唱起那动人的歌谣。"这首耳熟能详的歌曲是经典电影《铁道游击队的插曲》，当琵琶弦声响起，雄壮的歌声与爽朗的笑声互相交融，飘荡在微山湖的芦苇荡中，也萦绕于文立正家乡的山山水水间。

隐蔽战线上的英雄谢士炎

谢士炎

谢士炎，衡山人，1912 年出
生。1937 年，谢士炎考入国民党
陆军大学，"壮年有为，能文善武"
的他开始了戎马生涯。

"多少头颅多少血，续成民主自由诗。" 1948 年 10 月 19 日，
南京雨花台刑场，一阵枪响之后，5 名烈士倒在血泊中。他们就
是秘密战斗在国民党军队中的中共地下情报人员，人称"北平五
烈士"的谢士炎、丁行、朱建国、石淳和赵良璋。其中一位更是
官居国民党第十一战区长官司令部少将处长，他就是谢士炎。

1942 年衢州之战，谢士炎率团与十倍于己的日军鏖战数
昼夜，歼敌 2000 多人，击毙日军旅团长，被誉为"武状元"。
1945 年日本投降后，谢士炎负责接收日伪部队，在这期间，他
目睹了国民党的腐败和反动，越来越认同"中国的希望在延安"，
决定弃暗投明，寻找中国共产党，投身真正的革命。

经过观察，谢士炎发现与自己共事已久、交往甚密的同事陈
融生，很可能是潜伏在国民党的中共地下党员。1946 年 8 月的

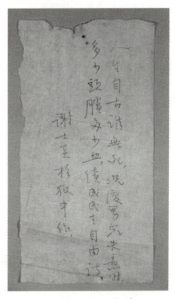

● 谢士炎狱中诗

一天夜晚，谢士炎拿着国民党进攻张家口的作战计划闯入陈融生的房间，拔出手枪对准陈融生："我要你将它送到叶剑英将军手里。你不肯干，我们就一起去死！"谢士炎的判断没错，陈融生确实是中共地下党员。这份情报被秘密交到叶剑英手中，戳穿了国民党当局假谈判、真备战的阴谋。自此，谢士炎被地下党吸收为秘密情报员。1947年2月4日，时任国民党少将处长的谢士炎由叶剑英介绍秘密入党。此后，谢士炎化名谢天纵、刘福，秘密从事情报、兵运工作。他多次获取敌人机密情报，及时转送党组织，为华北、华东的解放作出了重要贡献，多次受到中共中央通电嘉奖。

　　1947年9月，由于叛徒出卖，谢士炎等五位地下党员不幸被捕。面对重重审讯，谢士炎大义凛然、坚贞不屈。1948 年 10 月，他挥笔写下"人生自古谁无死，况复男儿失意时。多少头颅多少血，续成民主自由诗"，从容走向刑场，牺牲时年仅 36 岁。

从 1938 年隶属于中央特科的中共清潭地下党支部的成立，到 1954 年段沄、段复、段徽楷、谢小球"一门四忠烈"牺牲在台湾，在衡阳，像谢士炎这样的英雄人物还有很多很多，他们是隐蔽战线上对党绝对忠诚的士兵，用青春、智慧、热血乃至生命，书写了彪炳史册的不朽功勋。

第二章　峥嵘岁月稠

在社会主义革命和建设时期，衡阳人民在党的领导下，积极投身各项事业，农业改革，工业崛起，教育振兴，勤劳勇敢、自力更生、敢闯肯干、无私奉献的衡阳人民续写新的荣光。

岁月留声

● 衡阳二七二厂进厂老大门

挑担茶叶上北京

词 | 叶蔚林

桑木扁担轻又轻，我挑担茶叶出洞庭，

船家他问我是哪来的客，我湘江边上种茶人。

桑木扁担轻又轻，头上喜鹊唱不停，

我问喜鹊你唱什么哟，它说我是幸福人！

桑木扁担轻又轻，茶叶飘香歌不停，

船家他问我哪里去哟，北京城里探亲人！

桑木扁担轻又轻，千里送茶情意深，

你要问我是哪一个哟，毛主席的故乡人！

　　20世纪60年代，有一首歌《挑担茶叶上北京》风靡一时。鲜为人知的是，这首歌的背后，是衡阳一位老人与毛主席的战友情谊。

　　衡东县三樟乡柴山冲的彭友胜和毛主席在辛亥革命新军时是战友。中华人民共和国成立后，彭友胜托人给毛主席修书一封。仅20多天，毛主席就回信了。彭友胜家种有一片茶林，为感谢毛主席，他每年将亲手制作的优质谷雨前茶，用白竹布包好，送往北京。这一送就是18年，直至彭友胜去世。

　　1960年，著名作家叶蔚林到衡山一带采风时，听到彭友胜精制茶叶献给毛主席的故事，顿时来了激情和灵感，挥笔写下《挑担茶叶上北京》的歌词，后将歌词交由"湖南民歌之父"白诚仁作曲。歌曲创作出来不久，总政歌舞团的独唱演员方应暄来湖南采风，听到这首歌后十分喜爱。回到北京后，方应暄借着到中南海演出的机会，为毛主席演唱了这首歌，并转达了湖南家乡人民对毛主席的思念。毛主席听了特别高兴，表示他也很想念家乡人民，感谢家乡人民。《挑担茶叶上北京》这首歌情深义重，朗朗上口，一经传唱便成经典，迅速传遍了神州大地。

学习英雄欧阳海

词 | 张国栋、吴焕霞

舍生忘死推战马，

热血护卫大道开。

赤胆忠心写春秋，

德高品洁传万代。

英雄精神是瑰宝，

浩然正气化山脉。

辈辈接力传薪火，

建功伟大新时代。

1974 年，彭德怀元帅去世后，人们在他的遗物中发现了一本长篇小说。彭德怀用红笔在上面写了密密麻麻的批注："小海，你七岁随母讨米，我七岁带弟也讨米，受富人欺负……你鲜血印白雪，我严冬抓鱼卖！你我同根生，走上一条路……"这本小说，就是当时风靡全国的《欧阳海之歌》，批注中提到的小海，就是欧阳海。

1963 年 11 月 18 日的早晨，欧阳海所在的部队野营训练沿铁路行军，行至衡东新塘峡谷时，一列满载乘客的火车飞驰而来。此时，一匹军马受惊，跃上车轨后站着不动。眼看一场车翻人亡的惨祸就要发生，千钧一发之际，欧阳海毫不犹豫地冲上铁轨，推开军马……列车和数百名旅客转危为安，而欧阳海却倒在血泊中，英勇牺牲。

欧阳海牺牲后，作家金敬迈根据欧阳海的生平经历，写下纪实小说《欧阳海之歌》。由张国栋、吴焕霞作词，黄金勇作曲的《学习英雄欧阳海》一时间也传唱大江南北。如今，每年清明节、烈士纪念日等日子，许多党员、干部、师生和群众都会到衡东县欧阳海烈士纪念馆瞻仰烈士，举行纪念活动。经过此地的列车都会鸣笛向英雄致敬。

衡阳故事

● 欧阳海烈士纪念碑

一心为民的女劳模

——————————————————— 康菊英

> 康菊英，衡山县祝融乡祝融村人，出身贫苦。新中国成立后，她积极投入农业生产中，获得全国劳动模范的称号，是湖南省第一个初级农业合作社女社长，连续当选为全国第一至第三届人大代表。

她，在旧中国，曾是一名童养媳，生活在社会的最底层，食不果腹，苦不堪言。

她，在新中国，是湖南首位"女社长"，是全国劳动模范，曾受到毛主席亲切接见。

她，就是康菊英。

康菊英出生在衡山县祝融村一个贫苦农民家庭，不到10岁父亲病逝，母亲改嫁，无奈下，她只得到舅父家当童养媳。战争时期，丈夫被国民党抓壮丁后杳无音讯。1949年新中国成立后，衡山县委工作组来到康菊英家里，教她识字，向她宣讲革命道理，在苦水中泡大的康菊英从此获得新生。

新中国成立前，康菊英没进过学堂，目不识丁；新中国成立

● 康菊英互助组全体组员，前排左二为康菊英

后，县委工作组到村里蹲点后，教村民们读书识字，康菊英对此表示出浓厚的兴趣。有村民问她，你一个女人家读书识字有什么用，你能学得出来吗？康菊英坚定地回答："现在是新社会了，我们女人读书作用大得很呢！"

新中国成立之初，生产力水平极其低下，缺牛缺农具现象在各地普遍存在。担任大队干部的康菊英总是在思考如何解决这个难题。1951年春，康菊英主动联合几户缺牛缺农具的农户组成变工队，采取以人工同别人换耕牛和农具的办法解决了这一难题，这在当时可谓破天荒的第一个。后来在衡山县委办点工作队的支持下，变工队发展成互助组，当年就让大家收获了土改后的第一个好年成。1952年，康菊英互助组被评为湖南省特等模范互助组，康菊英也被评为全国农业劳模，应邀到北京参加国庆观礼，受到毛主席接见。此后，康菊英又迈开大步，在全省率先创办初级农业生产合作社、高级农业生产合作社，使粮食产量节节升高。

新中国成立后，康菊英怀着报答党恩的赤胆初心，扶贫帮困，乐于助人，见到危险就上，遇到困难就帮。大家都评价康菊英"困难帮了一大堆，好事做了一箩筐"。1950年端午节前后，衡山连下几天暴雨，康菊英所在的祝融村中一个水库因泄水洞阀门没打开，不能泄洪导致水位暴涨，水库面临坝穿堤塌的巨大危险，下游上千户人口、上万亩良田将遭受严重损失。村干部和村民在水库边急得团团转。危急关头，年轻的康菊英一个猛子扎进水库

- 1955年湖南人民出版社出版的《女社长康菊英》书籍封面

里，在水下 5 米多深的地方艰难摸索找到泄水洞阀门后，用力打开了阀门，使险情得以解除。当康菊英从水库里露出头后，现场一片欢呼。康菊英因重大立功表现而发展成党员，并开始担任大队干部、乡农会主席。

十一届三中全会以后，改革的春风荡漾在神州大地时，年过花甲的康菊英被选为湖南省政协委员。她已临近晚年，积劳成疾，生活很艰苦，但她严于律己，没有向党和政府提出过任何要求。1993 年春节前后，当时的县人大常委会主任去看望她，并提出合影留念。康菊英翻遍所有家什，竟然找不到一件没有补丁的衣服。临出门，县人大常委会主任实在过意不去，掏出 50 元钱说："来时没买什么东西，请收下我一点小小心意。"她双手颤抖接过，转头却又把钱悄悄塞在随行的年轻秘书衣袋里。

康菊英她一生历经磨难，但却坚韧不拔、努力进取、敢于创新，一心为乡亲们谋幸福，只讲奉献，不思索取，彰显了一名共产党员、劳动模范的风范与胸襟。

挑担茶叶上北京

彭友胜

1884 年，彭友胜出生于衡东县三樟乡柴山冲，1907 年投入湖南新军，后任新军副目（副班长）。在 1911 年长沙的武装起义中，他是攻打北门的主要指挥者。后来，毛泽东投笔从戎参加湖南新军，被分配到彭友胜手下当列兵。

《挑担茶叶上北京》歌曲里"湘江边上种茶人"的原型就是衡阳衡东县的彭友胜，歌曲背后蕴含着毛主席与彭友胜山高水长的动人故事。

彭友胜，1884 年出生于衡东县三樟乡柴山冲，1907 年投入湖南新军，后任新军副目（副班长）。1911 年，毛泽东投笔从戎参加湖南新军，被分配到彭友胜手下当列兵。彭友胜对毛泽东特别敬重，大小事务都找他商量，二人同居一屋，结下了深厚的友谊。

1912 年 3 月，毛泽东想离开湖南新军继续回校读书，彭友胜知道毛泽东是干大事的人，不仅没有为难他，还组织全班战友凑钱办了酒菜为他饯行，其中有一碗毛泽东最爱吃的红烧肉。临别之际，彭友胜还拿出仅有的私人积蓄两元银元，送给毛泽东作路费。

北伐时期，彭友胜正在广州任少尉排长。一天，他从报纸上看到"毛润之来穗讲学"的消息，便专程前往广州农民运动讲习所看望毛泽东。毛泽东向彭友胜宣传革命道理，并恳切地向他提出一起干，今后再也不分开了。彭友胜思索了一会儿，觉得自己是个大老粗，就说："我留在你身边怕帮不了什么忙，不如继续当兵扛枪。"毛泽东没有强人所难。1937年毛泽东和斯诺谈及自己在新军的经历时说："在我那个班里，有一个湖南矿工和一个铁匠，我非常喜欢他们。"其中的"湖南矿工"就是彭友胜。

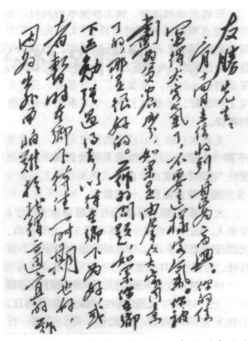

● 1951年，毛泽东给彭友胜的复信（部分）

在第一次国内革命战争中，彭友胜心灰意冷，离开军营回到老家，在吴集粮行当了多年仓库保管员，后于1940年回乡务农。

新中国成立后，彭友胜感念毛主席带来的新生活，但因当时乡村消息闭塞，他并不知道"毛主席"就是他的"润之兄"。

直至1951年，他偶然在乡公所墙上看见了毛主席的画像，惊喜万分地说："这不是我的润之兄嘛！"不久后，彭友胜特意请人代笔给毛主席修书一封，没想到仅20多天主席就回信了，这封300多字的信被他背得滚瓜烂熟。彭友胜家种有一片茶林，为表感谢，他每年精心制作优质谷雨前茶，用白竹布包好寄给毛主席品尝。这一寄就是18年，从未间断，直到1969年11月23日，85岁的彭友胜不慎落水离世。他和毛主席的战友情谊，也伴随着回味绵长的茶香和那首《挑担茶叶上北京》被人们久久传颂。

● 衡阳市南岳衡山十里茶乡

天山湘女的"夕阳红"

黄厚瑜

黄厚瑜，湖南衡阳人，第一代援疆湘女之一，新疆工作生活33年。离休后，她回到衡阳，资助贫困生，为社区残疾学生自编教材，为偏远学校捐书捐钱，义务给孩子们上课，散发着自己的光和热。2019年5月，黄厚瑜荣登"中国好人榜"。

"八千湘女上天山"的故事谱写了光辉的民族团结曲、共同进步曲。黄厚瑜是八千湘女的模范代表。在新疆时，她用自己炽热的爱温暖天山学子；回湘后，她用大爱无疆的心报答党和人民，书写着"夕阳红"的美丽和灿烂。

1951年，怀揣着"到祖国最需要、最艰苦的地方去"的信念，黄厚瑜和8000多名湘女挥别故土，来到黄沙漫天的戈壁上保卫边疆、建设边疆，用勤劳智慧的双手书写了光辉璀璨的人生。

黄厚瑜进入新疆后，成为一名援疆教师。看着当地落后的状况，她立下"要让每一个孩子有书读"的铮铮誓言。眼看着80多个孩子没地方读书，她和几个湘女白手起家，建学校，修操坪，用自己的积蓄买来教学器材，让孩子们高高兴兴地入了学。援疆执教33年，黄厚瑜共培养了3000多名优秀学子，她先后获评全国优秀教师、全国劳动模范，曾受到刘少奇、周恩来等党和国家领导人的接见。谈及上天山的经历和收获，她说："我得到的已经太多了，在新疆，该拿枪的时候拿枪，该拿铁锹的时候拿铁锹，该拿粉笔的时候拿粉笔。我住过的地窝子，八千湘女都住过，我经历过的天寒地冻、飞沙走石，大家都经历过，我奉献的青春，姐妹们都奉献了，我们都是新疆荒原上第一代母亲。"

1984年，黄厚瑜从新疆生产建设兵团退休后回到衡阳老家，她又再立誓言："我一辈子没干什么大事，但党却给我很高的荣

● 天山脚下

誉，我要尽最大余力报答党恩、报答人民……"她离岗不离党，退休不褪色，每月工资只有 3000 元左右的她在 40 年间先后累计捐款 20 余万元，资助了十余名大学生上大学，得到她助学金帮助的孩子达百余名。她为社区的残疾学生自编教材，为偏远学校捐书捐钱，义务给孩子们上课，为支援遭受地震的四川雅安灾区交了 1000 元特殊党费，向素不相识的贫困学子一次性捐赠爱心助学金 5000 元……2013 年，她签署了遗体捐献书，成为衡阳市年龄最长的遗体捐献志愿者。

2019 年 5 月 30 日，中央文明办发布"中国好人榜"，黄厚瑜上榜"助人为乐好人"。此外，黄厚瑜还荣获全国社区志愿者先进个人、第八届全国道德模范提名奖，两次荣登"中国好人榜"。

大爱无疆不停步，报答党恩未竭舟。如今已 90 多岁高龄的黄厚瑜，依然散发着光和热，用自己的爱书写了对党的忠心、对人民的真情，这抹"夕阳红"是分外美、分外红。

"盘肠大战英雄"罗连成

——— 罗连成

1930年，罗连成出生在耒阳的一个普通农民家庭。1949年10月，他参加中国人民解放军，1952年9月随部队赴抗美援朝前线，次年在下勿闲北山战斗中，他冲锋在前，勇破敌暗堡，最终壮烈牺牲。

尽管岁月流逝，抗美援朝的战火依然历历在目，永远铭刻于衡阳人民心中。每当《英雄赞歌》响起的时候，那悲壮的歌词，铿锵深情的旋律总会令无数雁城人民想起一位顶天立地的硬汉子、真英雄——罗连成。

1930年，罗连成出生在耒阳积明（今耒阳市亮源乡积明村）的一个普通农民家庭。1949年10月，他参加中国人民解放军，被编入四野四十五军一三三师三九团二营五连，1952年9月随部队赴抗美援朝前线。他将衡阳人不怕苦不怕死的血性展示得淋漓尽致，先后荣立大功一次，三等功四次。连队党支部任命他为三班班长。

1953年5月，二营五连接受反击下勿闲北山美军的任务，罗连成代表三班战士多次恳求要担负突击任务，得到批准。5月

● 罗连成革命军人牺牲证明书

2日晚10时左右，五连到达冲锋出发地，为能迅速逼近敌人，罗连成摸到铁丝网前侦察突破口。

11时，战斗打响，他与爆破手李少林分别扑向正面的两座敌碉堡，在炸毁其中一座后，罗连成右臂负伤。当看到另一座碉堡的强大火力把我军压在山腰时，他顾不得包扎伤口，立即冲向暗堡，不幸被子弹打穿小腹，他忍痛将手雷投进暗堡，暗堡塌了，他也倒下了。

战士们见他躺在血泊中，肠子从小腹流出来，便把他轻轻扶起，正要背下去时，他苏醒过来，严肃命令："完成任务要紧，不要管我。"他忍着剧痛站起来高呼："同志们，狠狠地打呀，争取立功的时候到了，给祖国和毛主席争光啊！"在他的激励下，战士们向美军勇猛冲杀过去。

忽然，机枪从美军另一个暗堡里猛烈射击，战士们被火力压得抬不起头，进攻受阻。眼看着一位又一位战友倒下，罗连成心一横，咬着牙，把流出的肠子盘了盘，从伤口塞进腹腔，一只手腋下夹着炸药包，一只手捂着腹部，用胳膊撑着地面拼命往前爬。靠近暗堡后，他一跃而起，将炸药包塞进暗堡的枪眼里。轰的一声巨响，敌人的暗堡炸开了花，年仅23岁的罗连成壮烈牺牲。

为了铭记罗连成的英雄事迹，中国人民志愿军军委将下勿闲北山战斗命名为"盘肠大战"，追记罗连成一等功，授予他"盘肠大战英雄"的光荣称号。

英雄已去，精神永存。罗连成"危险关头不惜命"的精神从未因时间流逝而褪色，早已成为雁城人民珍藏的记忆，也成为我们在新时代砥砺前行的铿锵力量。

输变电产业看衡阳

特变电工衡阳变压器有限公司 —————————

特变电工衡阳变压器有限公司（以下简称"衡变公司"），始建于1951年，经过近60年的发展，现已成为中国输变电行业的龙头企业，掌握了世界输变电制造领域最核心关键技术，公司获得了"全国五一劳动奖状""中国名牌产品""国家重点高新技术企业"等多项荣誉。

———————————————————————

先进制造，国之重器，大国基石。面对新一轮科技革命和产业变革的风起云涌，衡阳市委、市政府把发展先进制造业作为"立市之本"，抢占产业制高点，赢得发展主动权。神舟飞天、嫦娥探月、天问探火、深海钻探……一个个国之重器，都打上了深深的"衡阳印记"。以衡变公司为龙头的衡阳输变电产业更是领跑世界，"电"了全球。

1951年，一个私营企业南华电器机械厂开始生产干式变压器。1958年，这家企业改为国营衡阳变压器厂，成为湖南首家变压器专业企业。这家企业，就是当时"中国四大变压器厂"之一，亦即如今叱咤国际市场的衡变公司的前身。其时，金杯电缆

● 特变电工衡阳变压器有限公司

前身衡阳电缆厂和恒飞电缆前身衡阳电线电缆厂也相继成立。70年光阴荏苒,70年沉沉浮浮。衡阳输变电产业集群三大龙头企业历经改革开放、企业重组,仍勇立时代潮头,让中国乃至世界一次次重新认识衡阳。

下四海寻风,有它。2021年12月,由衡变公司自主研制的首台国内最大容量10兆瓦海上风电塔筒变压器投运成功,打破了国外在大功率海上风机市场的垄断,标志着我国海上风电迈入平价上网时代。今天,衡变公司的产品已走进70多个国家和地区,成为中国特高压独步世界的名片。

行千里看景,有它。"湖南省第一根电线缔造者"——金杯电缆自主研发的轨道交通电缆产品打破了国际垄断,实现国产化,产品参与服务我国三分之一铁路工程项目。

上九天揽月,有它。"长征"系列运载火箭、"神舟"系列宇宙飞船、"天宫一号"目标飞行器、"嫦娥"系列探月卫星的成功发射，都有恒飞电缆的身影。

全国输变电产业看湖南，湖南输变电产业看衡阳。如今，以衡变公司为龙头，衡阳输变电产业集聚了48家规模企业，"源、网、荷、储"四大环节均有头部企业，截至2021年，产业链年产值已达260亿元。衡阳先进制造业的"诗与远方"，就在心中，就在脚下！

住在信箱里的人

衡阳二七二厂

> 衡阳的二七二厂于 1958 年 8 月开始兴建，建在衡阳市东郊的东阳渡，是我国第一座大型铀水冶纯化厂，担负着从铀矿石和铀精矿中提炼二氧化铀的艰巨任务。建厂后，为响应国家号召，大批科研人员和技术工人从全国各地奔赴二七二厂，为第一代核原料加工事业攻坚克难。

如果说一个人的力量是渺小的，那么一群有着坚定理想、永不言败的核工业人呢？他们汇聚智慧和力量，生产出让原子弹爆炸的核原料。

20 世纪 50 年代中期，面对严峻的国际形势，为了保卫国家安全、维护世界和平，党中央果断作出研制"两弹一星"的战略决策。二七二厂是中国"二五"计划期间苏联援建的重点项目之一，作为中国第一个铀水冶纯化厂，二七二厂担负着从铀矿石和铀精矿中提炼二氧化铀的艰巨任务。6000 多名科研人员和技术工人响应党和国家的号召，怀着强烈的爱国情感，放弃在城市中相对优越的工作和生活条件，从全国各地奔赴二七二厂，只为中

● 二七二厂干部工人群策群力解决技术难题

华民族能够堂堂正正地屹立于世界的东方。

核工业建设当时是一项保密工程，建设者们来二七二厂时，上不告父母、下不语妻儿，所以，没有人知道他们去了哪里、去干什么。他们来到衡阳后，与家人联系的唯一方式就是神秘的20号信箱，因此他们也被称为"住在信箱里的人"。在缺水、缺电、住草棚、睡通铺的困难条件下，他们怀着献身第一代核原料加工事业的豪情壮志，夜以继日地工作。

周裕常，核工业水冶纯化专家，1960年底从北京第二机械工业部抽调到衡阳二七二厂。启程来衡阳前，周裕常蜜月还没度完，他对妻子说："我要出趟远差，得去一段时间，还得带上行李。到了之后，我会给你写信。"依依不舍告别妻子后，周裕常几经辗转，来到衡阳二七二厂，稍稍安顿下来之后，他就给妻子写信，按照纪律，不准谈工作，不准说地点，只留了20号信箱的地址。

当时，二七二厂建设工地上的生活用水，要靠拉水车从很远的地方运来。一天早晨，周裕常照例拎着水桶去取水点接水。在一丛灌木前，他猛然看见一个熟悉的身影，一下就愣住了，莫不是自己眼睛看花了？她……她正是自己朝思暮想的新婚妻子呀！此时此刻，妻子也认出了丈夫周裕常，"哐当"一声，她手中的水壶掉在地上，喊了一声"裕常"，泪水顿时夺眶而出。两人不约而同地向对方扑过去，紧紧抱在一起，又哭又笑。

原来，三个月前，妻子在回信中提到，组织上要她出一次差，至于到哪儿去，出差干什么事，她也没说。周裕常怎么也没想到，妻子出差也跑到衡阳来了，都到一个"信箱"里来了。

干惊天动地事，做隐姓埋名人。正是因为有了这么一群"住在信箱里"的人相聚在一起，才筑起了"两弹一星"不朽的丰碑，也筑起了新中国的安全屏障！

欧阳海舍身推战马

欧阳海 ────────────────────

欧阳海，1940 年出生于湖南桂阳县，1959 年参军，成为一名解放军战士，后任班长，1960 年加入中国共产党。在部队工作出色，多次立功。1963 年，在一场事故中，他为救群众壮烈牺牲。

"如果需要为共产主义的理想而牺牲，我们每一个人，都应该也可以做到脸不变色心不跳。"这句话，是一名年轻解放军战士用生命践行的人生格言，他就是"舍生忘死推战马，赤胆忠心写春秋"的欧阳海。

欧阳海，1940 年出生于湖南桂阳县，1959 年参军，成为一名解放军战士，后任班长，1960 年加入中国共产党。在部队里，这个绰号为"小老虎"的年轻人干起活来不要命，哪里有困难，他就往哪上；哪里有危险，他就往哪冲。由于工作出色，欧阳海3 次荣立三等功，多次被树为部队标兵。

1963 年 11 月的一个早晨，白雾茫茫，细雨蒙蒙。一辆满载

● 朱德为欧阳海题词

旅客的列车由衡阳北上，风驰电掣地向前飞奔。伴随着刺耳的汽
笛声，列车驶入了衡东新塘峡谷中的一个急转弯。欧阳海所在的
部队组织野营训练时，恰好路过此地，正沿着铁路东侧迎面走来，
队伍里一匹驮着炮架的战马因受惊嘶鸣着跨上铁轨，任凭战士猛
扯缰绳，仍是纹丝不动。

这时，列车正以每小时 30 公里的速度向这匹战马驶去，100
米、50 米、40 米……火车司机拉下了紧急制动阀，但无法避免
脱轨的危险，数百名旅客的生命危在旦夕。千钧一发之际，欧阳

海奋不顾身地跃上铁路，抢在机车的前面，用尽全身力气将战马推出轨道……

火车安全地通过了，数百条生命因他的壮举而获救，而欧阳海却身受重伤倒在血泊里，他的生命永远定格在23岁。战士们从欧阳海身上找到了一本他随身携带的小本子，小本子已被鲜血染红，封面上写道："即使有一天，这个世界上没有了我，我也仍然衷心地相信，共产主义的理想必然胜利，一定会有更多更多觉醒了的人士为它战斗。"

欧阳海牺牲后，部队追授他"五好战士标兵""爱民模范"荣誉称号，国防部命名他生前所在班为"欧阳海班"，朱德、董必武、贺龙、徐向前、聂荣臻、叶剑英等党和国家领导人分别题词，高度赞扬欧阳海的英雄行为。中共衡东县委、县政府以他的名字命名欧阳海村、欧阳海大坝、欧阳海小学。斯人已逝，精神永存！2009年9月，欧阳海被评为"100位新中国成立以来感动中国人物"之一。

两口铁锅兴厂的老红军

———— 肖世文

肖世文，1930年参加革命，在工农红军和八路军里，先后当过战士、通信员、副排长，参加过长征、抗日战争、解放战争，先后负过七次伤。1966年，他回到家乡衡阳后，担任城北冶炼化工厂革委会主任，开始全身心投入到工业生产中去。

衡阳工业的发展，凝聚着一代代工人的心血、智慧和力量，老红军肖世文就是其中的突出代表。他"两口铁锅起家创办城北冶炼厂"的先进事迹在20世纪70年代可谓家喻户晓，《人民日报》对他进行了长篇报道。

肖世文1930年参加革命，先后参加过长征、抗日战争、解放战争，负过七次伤，1944年被日军放毒气伤害了眼睛，成了甲级残废。

1966年，组织安排他回到家乡衡阳。市民政部门给他安排工作时，肖世文说："过去红军队伍里面有一句话，叫做'老兵最爱打硬仗'，请安排我艰苦的工作，最好派到基层去。"于是，肖世文便被安排到一个刚办不久的街道工厂——城北冶炼化

继续革命不停步,再为人民立新功

——记老红军战士、优秀共产党员肖世文办街道工厂的事迹

共产党员的革命步伐永远不能停

率领群众,艰苦创业

胸怀全局勇挑重担

始终保持老红军的本色

本报通讯员　本报记者

● 1970年7月5日《人民日报》对肖世文的报道

工厂当负责人。

当时的冶炼厂仅为一个小工棚,只有七八个工人、两口铁锅和一堆坛坛罐罐,业务是提炼废机油。当时,工人都不懂技术,废油放在锅里炼来炼去还是老样子。面对眼前的情景,肖世文没有气馁。他燃起一把大火,支起两口铁锅,在刺人眼鼻的烟雾中,带头操持着一切。经过一遍又一遍的提炼,一次又一次的过析,原本乌黑浑浊的废机油逐渐变得清澈明亮,工人们信心倍增。功夫不负苦心人,最终,肖世文和工人们找到了化学分解的方法,成功提炼出了符合国家标准的机油。

提炼废机油成功后,冶炼化工厂一下子兴旺起来。可是,肖世文并不满足于这点成绩,他带领工人自力更生,没用国家一分

钱贷款，利用一些工厂废弃的锌矿渣，又提炼出了国家急需的高标号活性氧化锌。

在肖世文的领导下，冶炼化工厂迅速发展壮大。到1970年，工厂已拥有4万多元固定资产，年产值从最初的6万多元增加到25万多元，工人增加到80多人，被衡阳地委树为全区工业战线的典型模范。1970年7月5日，《人民日报》以《继续革命不停步，再为人民立新功》为题，宣传了肖世文的先进事迹。肖世文不居功自傲，永葆艰苦奋斗的本色，堪称一个模范共产党员。

● 衡阳工业博物馆

千军万马会高考

恢复高考 ————————————————————————

　　1977 年 9 月，教育部在北京召开全国高等学校招生工作会议，决定恢复已经停止了十余年的全国高等院校招生考试，以统一考试、择优录取的方式选拔人才上大学。1977 年 10 月 21 日，全国各大媒体公布了恢复高考的消息。

————————————————————————

　　1977 年，教育部在北京召开了一次关于高等学校招生的工作会议，这场连开 44 天的会议，从酷暑蝉鸣开到金秋月明，随后一个原子弹般的消息传遍开来：恢复高校招生统一考试制度！10 月 21 日开始，消息经由新华社、《人民日报》等媒体的头号新闻发布，迅速搅动了整个中国。"全国恢复高考，不问出身、自愿报名、择优录取"的广播通知，震动了衡山县退伍军人柳礼泉，震动了衡阳县石坳公社话务员聂建国，震动了衡阳水口矿务局下属农场的女知青曾湘文，震动了衡阳渔场刚生下小女儿的杨军……那一晚，无数衡阳青年彻夜未眠。

　　"有老课本吗？"成了熟人见面的招呼语。为了拾起课本，去新华书店抢购课本者有之，走街串巷借书者有之，抄书者有之，

● 恢复高考后的招生考场

"抓着什么看什么"者有之，到废品店淘书者有之。1977年12月17日、18日，衡阳市与全省同步举行恢复高考制度后的第一届大中专学校统一招生考试，考试由省命题，地区统一阅卷。当年，衡阳共有83455人参加考试，录取2123人，其中本科504人，专科506人，中专1113人。这些被录取的"天之骄子"从衡阳的四里八乡走出，相会到各大中专院校，开启了崭新的人生篇章。

如今已是湖南大学教授、博士生导师的柳礼泉便是这群"天之骄子"中的一个。柳礼泉出生于衡山县的一个偏僻山村，1973年高中毕业后参军入伍，1977年退伍回乡，分配到大队工作。虽然一直憧憬大学校园，但在当时，读大学对他来说就是一个遥不可及的梦。当恢复高考的消息传来时，柳礼泉心中一直萌动的

- 1978 年湖南大学的《新生入学注意事
  项补充说明》

大学梦瞬间被点燃。作为恢复高考后的第一批考生，柳礼泉和当年千千万万刚从迷茫和困顿中探出头来的青年一起走进了考场。1978 年 2 月初，柳礼泉的录取通知书到了，欣喜若狂的舅舅拿着通知书，逢人就说："你看，我外甥考取大学了！" 1978 年 3 月 5 日，柳礼泉来到湖南大学，他的人生轨迹就此改写。1982 年大学毕业后，柳礼泉留校任教，后来成为一名桃李满天下的大学教授。

聂建国 1958 年出生于衡阳县金兰区的香花村，1976 年 7 月

● 聂建国

高中毕业后回家务农，参加完"双抢"后，于当年 10 月中旬到大队新开的代销点当营业员。两个月后，被招到石坳公社机关当话务员。得知恢复高考的消息后，尽管当时公社的领导已答应尽快帮他转干，但聂建国还是非常希望能读书，实现自己当一名工程师的梦想。聂建国放弃转干机会，再次进入母校衡阳县四中复习备考。1978 年 2 月，聂建国接到湖南大学的录取通知书。当时金兰区考点共有 1000 余名考生，只有 4 名考生被本科院校录取，聂建国就是其中之一。在湖南大学毕业后，聂建国继续攻读了硕士、博士学位。1992 年他前往清华大学攻读博士后，1994年在清华大学完成博士后研究工作后留校任教，选择钢 - 混凝土组合结构作为他的主攻方向，其成果应用于天津塔、中国博览会会展综合体、航天发射塔等百余项工程，覆盖26个省区市，解决了许多大型复杂土木结构工程中的关键难题。2013年，聂建国当选中国工程院院士。

恢复高考，不仅改变了同时代许多人的命运，更为重要的是，那场高考让千千万万考生重新燃起了信心与希望，吹响了推崇知识、尊重教育的序曲，为国家选拔了大批可造之材，为我国在新时期及其后的发展和腾飞奠定了良好的基础。

第三章　东方风来满眼春

改革开放的春风吹到雁城，衡阳人在广阔的天地中，用热血、智慧和汗水收获硕果累累。经济发展，文化繁荣，社会和谐，衡阳在春风中迈开了气壮山河的新步伐，走进了万紫千红的新春天。

岁月留声

● 衡阳蒸水湾乡村风光

师魂

词 | 冰洁

昨天我还不知道您的名字，

今天您在我心中最可敬。

最疼爱学生的您坚守不变的真情，

爱能为需要的人而远行。

您的脸庞还在云端高昂，

严肃中蕴含爱心。

您的话语还在天地回响，

响彻每一个心灵。

啊，山摇地动您是那么沉着冷静，

您奋不顾身用生命作支撑哎，

把生的希望留给别人，

用大爱铸就不朽的师魂。

啊，不朽的师魂，

用大爱铸就不朽的师魂。

　　《师魂》又名《千秋一课》，是由著名词作家冰洁根据"100位新中国成立以来感动中国人物"谭千秋的事迹而创作的。

　　词作家冰洁是衡阳祁东人，在中国诗词界享有"哲学诗人""唯美词人"之誉，不仅被《人民日报》《光明日报》誉为"华语歌坛创作型才子"，还被《湖南日报》称为"驰骋词坛的黑骏马"。歌曲中唱的教师谭千秋也是衡阳人，在汶川地震中，他用身体和双臂护卫着4名学生，用自己宝贵的生命诠释了人民教师大爱与责任的高尚师德灵魂，以实际行动给学生上好了人生的最后一课。歌曲以谭千秋不惜牺牲的英雄壮举为线索，给亿万听众讲述了一名普通教师一串串感人肺腑、催人泪下的故事，讴歌了人民教师倾心育才、爱生如子和无限忠诚党的教育事业的崇高品德。

东方有条神奇的江

词 | 颜娃莎

东方有条神奇的江，
风吹稻花鱼米香。
你是梦中最美的诗行，
你如血液在我心中激荡，
你流金淌银财富美酒，
你摇曳着两岸生态画廊。
揽南岳独秀，铺蔡伦纸张，
赏那红叶起舞，忆那湘妃婉唱，
千年万年亲吻你哟！
这就是我魂牵梦萦的湘江。
这就是我魂牵梦萦的湘江。

东方有条英雄的江，
离骚千古艾叶香。
你渔歌里有传奇的故事，
你浪花里有救世文章，
你有敢为人先的气魄，
你那岸边是伟人的家乡。
颂千年学府，弘船山思想，
品那岳阳楼记，挽那洞庭长江，
千年万年亲吻你哟！
这就是我魂牵梦萦的湘江。
这就是我魂牵梦萦的湘江。

　　2011 年 9 月 28 日，2011 湖南经济合作洽谈会暨第五届湘商大会开幕式文艺晚会在衡阳举行，衡阳籍歌手李君在晚会上首次演唱了《东方有条神奇的江》。歌曲由颜娃莎作词、廖卫华作曲，旋律优美、婉转动听，将湘江描绘为神奇的江、英雄的江，描绘了三湘大地在湘江滋润下欣欣向荣的景象，也抒发了三湘儿女在湖湘文化的熏陶下"敢为人先"的豪情。

　　湘江，是衡阳的母亲河，千百年来呵护着生生不息的衡阳儿女，孕育出源远流长的大雁文化。在湘江滋润着的这片富饶的土地上，衡阳人民正踔厉奋发、一往无前，用智慧和汗水书写新篇章、创造新辉煌。

衡阳故事

● 包产到户后农民喜获丰收笑开颜

包产到户农村兴

——————————— 家庭联产承包责任制

　　家庭联产承包责任制是农民以家庭为单位，向集体经济组织（主要是村、组）承包土地等生产资料和生产任务的农业生产责任制形式。1978年11月24日，安徽省凤阳县小岗村的18位村民在土地承包责任书上按下手印，开了家庭联产承包责任制的先河。

　　党的十一届三中全会后，一场划时代的伟大变革席卷广大农村，彻底改变了中国大地上的农民、农村和农业。1978年11月24日夜，安徽省凤阳县小岗村的18位村民冒着坐牢的风险在土地承包责任书上按下手印，开了家庭联产承包责任制的先河。

　　1979年秋收，小岗村粮食总产由原来的1.8万公斤猛增到6.6万公斤，人均收入由上年的22元增加到400元。

　　消息不胫而走，衡阳各地农民跃跃欲试。1979年，衡南县长岭公社17个生产队签下责任自负的"生死契约"，自发搞起了包产到组、联产计酬生产责任制，村民劳动积极性大大提高，以前"出工一条龙，干活一窝蜂""磨洋工"的状况不复存在，村民一有时间就往田地里跑，把生产搞得热火朝天。

● 1978年12月18日，出席党的十一届三中全会的代表在举手表决

其时，由于旧的思想的束缚，对于农村出现的包产到组、包产到户、包干到户的责任制形式，党内外很多人存在疑虑，担心会不会偏离社会主义。因而，包产到组、包产到户、包干到户的推行受到限制，一些地方就暗地里分组分队分户。

1980年，随着中央75号文件的出台，对包产到户、包干到户的限制出现明显松动。当年，衡东县大桥公社岭林大队第二生产队公开实行分户联产承包经营，粮食增产1.5倍，全队全年农副业总收入增加到14万元，人均1248元，居衡东县之冠。1982年，中共中央发出1号文件，对包产包干生产责任制作出明确规定，打破了过去坚持认为"包产到户，不是今后农村经济发展方向"的僵局。在"不堵不塞、群众选择"的条件下，实行包产到户责任制浪潮席卷衡阳。广大农民群众欣欣鼓舞，欢迎农业生产责任制的实行，称这是自土地改革以来的第二次生产力大解放。到

1982年10月，全区实行包干到户的生产队占98.9%，1983年达到了99.2%。

家庭联产承包责任制的推行，让农村充满了生机，让田野充满了希望，在促进农业发展、增加农民收入、改变农村面貌方面产生了深远影响，不仅让饭碗牢牢地端在了农民自己手里，同时也为农村各项改革和市场经济的发展奠定了良好的基础。1983年，由于政策好、人努力、天帮忙，全区的粮食总产量突破315万吨，创历史最高水平。粮食增产8.9亿斤，超过前5年增产的总和。从此以后，衡阳各地以家庭联产承包责任制为主要形式的生产责任制基本上确定并稳定下来。

● 农民踊跃向国家出售余粮

古老湘江焕新颜

湘江风光带 ─────────────────

　　湘江风光带南起雁峰区铜桥港，北至石鼓区枣子坪，两岸全长 36 公里，成为衡阳市一条自然景观与人文景观相得益彰的旅游风光带。两岸高楼林立，鳞次栉比，体现着现代化都市的潮流，沿线有石鼓书院、湘南学联旧址、退省庵、学宫苑等诸多人文胜迹。

　　"这么大的观景台，视野特别开阔，人气特别旺，特别适合直播，衡阳真的有了大城风范。"说到衡阳的母亲河——湘江，网络主播小丸子一口气说了几个"特别"。

　　小丸子口中的观景台位于衡阳市解放大道与湘江路交接处，总面积 1700 多平方米，是湘江西岸风光带中最核心和最有特色的部分。每到傍晚，来自各方的人开始聚集在此，或跳舞健身，或兜售商品，或驻足远眺，或临江而坐……一派平安祥和之景。

　　这只是湘江西岸沿江风光带的休闲处之一。整个湘江风光带规划南起雁峰区铜桥港，北至石鼓区枣子坪，两岸全长 36 千米。沿线不仅串联起石鼓书院、湘南学联旧址、退省庵、学宫苑等诸多人文胜迹，还兴建了石鼓广场、千吨级码头广场、燕京啤酒广

● 石鼓书院

场、湘水明珠文化公园等现代化休闲场所。

　　站在千吨级码头广场上观湘江，它如羞涩的少女，恬静而俏丽。绿化带中各种灌木、乔木错落有致，生机盎然。沿着风光带一路向北，不知不觉就到了学宫苑。附近的步行道上，有象棋元素的图案点缀，与自然环境相映成趣。再来到石鼓书院，能听到湘水、蒸水、耒水汇合的滔滔江水声，仿佛千年书院的琅琅书声。

　　衡阳是一座历史悠久的文化名城，灵动的湘江穿城而过，使千年古城更显活力。但过去的湘江是衡阳人的难言之痛，每到汛期，洪水为患，还夹着污臭。而如今湘江风光带已成衡阳一张亮丽的名片。白天，这里高楼林立，绿意环绕，干净地透着浓郁的现代气息；夜晚，色彩斑斓，青瓦白墙、亭台水榭在景观灯的掩映下又有古城的妩媚。

变化得益于衡阳市委、市政府的"三江六岸"规划。自20世纪80年代到现在，湘江风光带经过30多年的建设，经历了从无到有，从单一的防洪堤向集城市防洪和市民休闲于一体的风光带的转变。

"这是市委、市政府为老百姓办的一件大实事，湘江风光带不仅给我们提供了一个休闲娱乐的好去处，也为母亲河提供了很好的保护。"市民王先生说。

"爱我湘江水，保护母亲河"如今已成衡阳人的自觉行动。湘江两岸经常能见到穿着红马甲的志愿者在捡拾枯枝落叶、白色垃圾，劝导不文明行为。

如今的湘江犹如一条绚丽的彩带，将衡阳装扮得格外迷人。在湘江的哺育下，雁城儿女正昂首阔步迈向新征程。

● 美丽的湘江风光带

千年古方复活记

———————————— 申甲球

申甲球，中共党员，著名企业家，1951 年参加工作。1984 年 5 月，申甲球受命担任衡阳中药厂厂长。他上任后锐意改革，大胆创新，历经艰辛购得马王堆汉墓出土的秘方，研制出新产品，将濒临倒闭的衡阳中药厂逐步打造成中国医药行业一颗耀眼的明珠。

在改革开放的滚滚春潮中，申甲球带领衡阳中药厂的干部职工奋发图强，把濒临倒闭的中药厂发展成光耀三湘的药业明珠——紫光古汉。

1984 年 5 月，时任衡阳市药材公司储运科副科长的申甲球被组织任命为濒临倒闭的衡阳中药厂厂长。上任后，他大力推行厂内承包制、浮动工资制等新举措，积极研发新产品，用 6 个月的时间，使中药厂赢利两万多元，一举摘掉了亏损的帽子。

早在 1972 年 7 月 31 日，《人民日报》发布了一条震惊世界的特大新闻：一座 2100 多年前的西汉古墓在长沙出土了。出土的文物中，西汉医学典籍《养生方》令世人兴奋。被誉为湖湘中医"三老"的湖南省中医药研究院研究员李聪甫、欧阳琦、刘炳

● 马王堆汉墓出土的帛书《养生方》

凡,秉承《养生方》的医理,联手研制 13 年,发明了一种养生保健药物处方,被列入国家秘密技术项目和国家中药保护品种,并获药"准"字号批文。

1985 年 1 月的一天晚上,申甲球在家中翻看《中国药学杂志》,当读到"马王堆出土古医书论注"专栏中的《养生方》一文时,

● 原衡阳中药厂

霍然站起，一掌狠击在桌上："好！好极了！用古代的养生方来为现代人造福……"

第二天清早，申甲球顶着凛冽的寒风，急匆匆赶到省中医药研究院，大步跨进传达室："师傅，我要找李聪甫、刘炳凡、欧阳琦三位教授。"

"他们今天没来院里。"

"师傅，能告诉我他们的住址吗？"

"这……"传达室的师傅感到有点为难。

申甲球诚恳地说："师傅，我是衡阳中药厂的厂长，有急事要找他们，请帮帮忙吧。"申甲球用真诚感动了他，终于获得了几位教授的住址。道过谢后，申甲球转身又钻进了寒风之中。

奔走在街巷间，寒风迎面而来，几滴雨点打在他脸上，冰凉冰凉的，但他的心里却热乎乎的。他一边走一边念叨着："养生方，养生方……"

他一一敲开三位教授的家门，一再恳求"养生方"的处方，却无功而返。原来，深圳一家制药厂愿斥资 10 万元购买这一秘方，而衡阳中药厂根本拿不出那么多钱与其竞争。为得到秘方，申甲球一趟又一趟往省中医药研究院跑。

最后一次，申甲球一早就守在欧阳琦家门口，因为又渴又累，他倚在门上睡着了。早上七点多钟，欧阳琦开门倒洗脸水时，惊觉有个人从门口"滚"了进来，一盆水有一半洒在了他身上。欧阳琦定睛一看，竟是三番五次找他求处方的申甲球。看着全身湿漉漉的申甲球，欧阳琦深深地感动了，随即带他与另外两位教授和院领导协商。最后，申甲球仅以 2.4 万元的价格受让了"养生方"的药方。

求来药方后，经过 120 多个日夜的奋战，根据"养生方"研制的，集保健和治疗功效于一体的"古汉养生精"口服液问世了。全厂职工像过节一样高兴，厂区内外鞭炮声声，一片欢歌笑语。

之后，申甲球又带领干部职工千方百计跑市场，一丝不苟抓质量。在他们的不懈努力下，古汉养生精成为热销产品，被列为国家中药保护品种和国家保密处方，编入国家基本药物目录，先后荣获"全国信得过药品""医生推荐药品"等 20 多项荣誉。

乐为烈士守陵人

廖哲伟

廖哲伟，1928年2月出生在衡阳县洪市镇余田村。1949年廖哲伟亲身经历激烈的衡宝战役，战斗结束后，他和乡亲们为解放军烈士收拾遗体。1988年起，他推动修建烈士陵园，并义务守护陵园20多年，直到生命的最后一刻。

衡阳县洪市镇余田村S210省道旁，一座依山而建的洪市烈士墓园里，掩埋着在衡宝战役中牺牲的280余名解放军烈士的骨骸，烈士墓记里写着"己丑初春，哲伟老人，为修此墓……"。哲伟老人是何许人也？这段文字又有着什么内涵？划过时空的天际，口口相颂的是洪市镇余田村廖哲伟老人28年义务为烈士守陵、17年为重修陵墓奔走的感人故事。

廖哲伟1928年2月出生在衡阳县洪市镇余田村。1949年9月13日，衡宝战役打响，衡阳县洪罗庙余田村成为衡宝战役的一个重要战场。作为这场战役的亲历者，廖哲伟常常向家人、朋友和同事讲述发生在洪罗庙这场惊心动魄的战斗。谈到悲壮处，他常常泪眼纵横，并说他最大的遗憾就是在战斗当中没有为解放军提供支援和帮助。

在洪罗庙战斗中，解放军有280余人壮烈牺牲，除陈庆芬烈士有名有姓外，其余烈士连名字都没留下。战斗结束后，廖哲伟与乡亲们打扫战场，含着热泪为解放军烈士收拾遗体，将烈士分葬到6个地方。由于条件有限，当年就地掩埋烈士时，并没有立碑。加之一直没人照料，时间一长，有的地方坟冢被夷平，有的被荒草掩埋，有的难觅踪迹。廖哲伟参加工作后，常去烈士墓瞻仰烈士，缅怀烈士的光辉事迹。

岁月不居，时节如流。转眼间到了1988年2月，廖哲伟从衡阳县技术监督局退休了。退休后的他总想为当年牺牲在洪市的烈士做点什么。一天，廖哲伟从报纸上看到长沙县春华镇刘金国老人义务打理抗日将士墓地数十年的事迹报道后，"我要去建好烈士墓，义务为烈士守陵"的念头油然而生。打定主意后，廖哲伟放弃在县城优越的生活条件，毅然在洪市镇租一套20平方米的房子住下。首先，就是为烈士立碑。廖哲伟多次走访知情人，一一核实了烈士的6处安葬地。在退休金不高的情况下，他拿出4000多块钱，为烈士立了6块墓碑，每一块碑上都刻着"衡宝战役第四野战军洪市战场牺牲烈士"。

几年后，看到6处墓地散落在洪罗庙不同地方，一个念头在廖哲伟脑中闪现：把6处墓地合到一起，修建一个烈士陵园。"很多地方的烈士墓都修得很好，为什么我们这里的不能修？"为了解外地烈士墓修建及管理方法，20多年来，廖哲伟花费20多万元，北到黑龙江漠河，南到海南岛琼崖，瞻仰拜谒了各地1700多座烈士陵园，收集了很多资料，做成"永远的丰碑""抗日英雄谱"等5本厚厚的剪贴本。

2009年4月，廖哲伟给6处烈士墓拍照，直接给广州军区司令部写信，建议修建烈士纪念园。由于满怀感情和期待，信几乎是一气呵成，信的开头是这样写的："个人斗胆向司令员报告一个情况……"令他意外的是，很快上边就派了人下来了解情况。在廖哲伟不断呼吁下，2013年10月，衡阳县民政局会同洪市镇

● 衡阳县洪市烈士纪念碑

政府在余田村 S210 省道旁修建了一个高标准的烈士陵园，将当地 6 处烈士遗骸迁入合葬。陵园建成开放当天，廖哲伟十分激动，拿出珍藏多年的好酒与家人和朋友开怀畅饮。

2016 年清明节前的一天，已是 88 岁高龄的廖哲伟在家人的陪护下，拄着拐杖，步履蹒跚地来到洪市烈士陵园，向烈士敬酒、默哀，然后默默地擦拭墓碑、打扫落叶、浇灌花草，重复这些简单却坚持了 28 年的动作。忙碌近 2 个小时的廖哲伟，衣上沾了泥草，脸上有了汗珠。看着修整一新的陵园，廖哲伟露出了开心的笑容。他用一双长满老茧的手，从袋子里拿出一张张发黄的烈士照片端详着，面对陵园深情地说："各位先烈，我陪伴你们有 28 年了，现在我身体不行了，以后就不能常来看你们了。"一旁的女儿接过父亲的话头："我们都会铭记这些英烈，您老人家为烈士守了 20 多年陵，以后守陵的接力棒就交给我们这些后来人吧！"廖哲伟欣慰地连连点头："好，好，为烈士守陵 28 载是我一生的光荣。有你这句话，我也就放心了。"

这是廖哲伟最后一次为烈士守陵。2017 年 5 月，廖哲伟带着对家人的无限眷恋和对烈士的无限牵挂与世长辞。廖哲伟走了，但他 28 年义务为烈士守陵的感人事迹将永远为后人所铭记。

挑水百年邹家人

邹玉祥

邹玉祥是衡阳县曲兰镇前进村村民，他家为报恩乡邻，祖孙三代百余年来为路人义务挑水煮茶、守亭护路。1993年，邹玉祥从叔叔手中接过了扁担和水桶，这一挑就是26年。2017年，他荣登"中国好人榜"。

在衡阳县和双峰县交界的陡桶岭上，有一座有着百余年历史的清峻亭，亭内那口"永不断水"的水缸，流传着一段佳话：衡阳县曲兰镇前进村邹玉祥一家三代义务为清峻亭过往行人挑水煮茶百余年。

时间追溯到100多年前，邹家第一任挑水人邹高任，生于1891年。那时，陡桶岭是连接衡阳、双峰两县的一条要塞山道，每天人来人往，可小道沿途没水源也无驿站，路人饥渴困顿只能忍着。1897年，衡阳、双峰两地富绅捐资在山顶修起了清峻亭。当年邹家贫寒，建亭后，乡亲们凑钱帮邹家翻修了破落的旧宅。邹家感恩在心，便寻思用义务挑水来回报。1906年起，15岁的邹高任按老父嘱托，在亭中置了口水缸，挑起了取水护亭的担子。

此后，每年在亭里喝水的人不下万人。

岁月不饶人，邹高任老了再也挑不动了，弥留之际，他要儿子邹凡轩接手挑水。邹凡轩在床前流泪盟誓："邹家人在一天，亭子就在一天。只要乡邻需要，我就会让亭里有水喝、有处歇！"他接过父亲的接力棒，20 年如一日地挑水煮茶、守亭护路。

1993 年，30 多岁的邹玉祥见叔叔邹凡轩老了挑不动了，毅然接过扁担、水桶，这一挑就是 26 年。清峻亭未通电，水全靠

● 清峻亭

人去山脚下挑,挑到山顶,有1100多米长的陡峭山路。邹玉祥几乎每天要挑3担水,每担40公斤左右,遇上雨雪天,山路湿滑,他不知摔了多少跤。

2011年,邹玉祥见清峻亭年久失修到处漏水,随时有倒塌的危险,便拿出自己所有积蓄8000多元,又四处筹资7万多元,对清峻亭进行维修。维修期间,他日夜坚守在现场,但坚决不要一分钱工钱。很多人对他的行为不理解,甚至有人说他是白痴。邹玉祥说:"能为家乡做点好事,自己少吃点、少穿点没什么大不了。"爱如甘泉,流淌百年,这甘泉不知滋润了多少路人,感动了多少路人。《光明日报》、新华网以《邹家送的不是水,是精神》为题对邹家三代送水的传奇故事进行宣传报道。2017年,邹玉祥荣登"中国好人榜"。

2019年6月,深圳市信维公益基金会和建辉慈善基金会捐资16万元,为清峻亭安装水电设施,改造山路。启动仪式上,邹玉祥激动地流下了眼泪。如今,邹玉祥虽然放下了扁担,但他仍然每天上山,清理水缸,打扫亭子,烧好开水,继续守护着那亭、那缸、那路。

故纸堆里通古今

唐浩明 ————————————————

　　唐浩明，衡阳人，著名编辑、作家、学者，编有《曾国藩全集》《胡林翼集》等近代历史文献，著有长篇历史小说《曾国藩》《杨度》《张之洞》等，历史随笔集《冷月孤灯·静远楼读史》，评点曾国藩系列。

　　30 多年前，一部长达 120 万字的历史小说《曾国藩》横空出世，轰动了文坛，一时间洛阳纸贵，人们抢购阅读，媒体争相报道。这本书的作者就是衡阳作家唐浩明。

　　1946 年，唐浩明出生于湖南省衡阳市衡阳县金溪镇，父亲唐振楚是蒋介石的机要秘书，母亲王德蕙是衡阳市第一位接受师范教育的女子。唐浩明 2 岁时，父母随国民党撤退去台湾，他和哥哥姐姐则被撇在了老家，从锦衣玉食的名家子弟，突然沦为无人照看的弃儿。后来，不满 4 岁的唐浩明又被送给了衡阳城里一个姓邓的剃头匠为子，改名为邓云生。

　　唐浩明从小便对文学和历史很有兴趣。但高考时，他却阴差阳错地考上了华东水利学院。在学习专业知识之余，唐浩明一头扎进了文史的书海中。大学毕业后，唐浩明在江西高安劳改农场待了近 3 年，后回到老家在衡阳市水利局谋到一份工作。1978年恢复高考后，唐浩明毅然报考了华中师范学院中文系研究生，并顺利被录取。毕业后，他被分配到长沙新成立的岳麓书社当编辑。

唐浩明上班不久，赶上岳麓书社关于湖南地方文献与古籍整理的重大出版计划，立志做一名优秀编辑的唐浩明主动请求担任《曾国藩全集》的责任编辑。编辑《曾国藩全集》是一项浩大艰难的文化工程，责任编辑要整理大量的原始文稿，要一字不漏地啃读曾国藩本人所留下的 1000 多万字的原始材料。当时的岳麓书社没有汽车，为了清理复印原稿，唐浩明把社里唯一的复印机

● 晚清名臣曾国藩画像

搬到板车上，一路颠簸地把复印机拖到省图书馆。从那以后，唐浩明每天进库房，把那些百多年前的曾宅老档都清点出来；因年代久远，保存不当，发黄发霉、脱落、腐烂、虫蛀的文档很多，唐浩明耐心地将它们一一处理归置，然后交复印员一张张地复印。天天如此，风雨无阻，就这样，3多月下来，唐浩明将除奏稿外的藏件全部复印下来。

随着编辑工作的深入，唐浩明看到了一个真实、生动、鲜活又充满传奇色彩的曾国藩，也看到历史上很多被人忽略的细节。40岁那年，唐浩明作出了一个大胆的决定：写一部以曾国藩为主人公的长篇历史小说，还原一个鲜活、真实、完整的曾国藩。从此之后，唐浩明白天编《曾国藩全集》，晚上写小说《曾国藩》，开启了长篇小说创作的艰辛历程。

唐浩明每天写作到凌晨一两点，没有星期天，没有节假日，没有任何应酬，除正常睡觉外，也没有任何多余休息时间，为了有尽量多的时间，他坚决辞掉了副总编辑的职务，日夜兼程，精心撰写小说。

1990年，小说《曾国藩》第一部在海峡两岸相继出版，引发了巨大的社会反响。出版后，出版社门口车水马龙，都是来买书、要书的。之后几年，唐浩明继续埋头写作，又相继出版了第二部、第三部。

此后，唐浩明又创作了长篇历史小说《杨度》《张之洞》，这两本书与《曾国藩》并称为"晚清三部曲"，成就了他写作事业的巅峰。他的作品获国家图书奖、姚雪垠长篇历史小说奖、中宣部"五个一工程"奖等奖项。

多年蛰伏，一举成名。从编辑到作家，从文献整理到文学创作，唐浩明孜孜不倦，辛勤耕耘，成为"曾国藩研究第一人"，也成了文学湘军的领军人物。

为生命留下"最后的馈赠"

贺宗武 —————————————————

　　贺宗武, 1935年9月出生于衡阳县岘山镇荣福村,退休前就职于湖南省界牌陶瓷总厂, 吃苦耐劳奉献陶瓷科研, 退休后致力于慈善事业, 甚至立下遗体捐献的遗嘱, 一生无私奉献, 服务人民, 获评第一届全国百名道德模范。

　　2023年8月底的一天上午, 湖南省红十字角膜捐献爱尔眼科衡阳接收站和中南大学湘雅医学院的工作人员赶到蒸湘区长湖乡立新二社区居民、原湖南省界牌陶瓷总厂工程师贺宗武的儿子家里, 为他办理捐献手续, 并立即进行角膜捐献和遗体交接工作, 完成贺宗武生前凤愿。衡阳爱尔眼科医院角膜及眼表学科主任张星慧介绍, 角膜移植对于大多数的角膜盲症患者来说, 是重拾光明的唯一希望。取完角膜后, 接收站的工作人员向贺宗武的遗体深深地告别。

　　早在2014年5月1日, 贺宗武作了一首名为《感怀》的诗:

　　　　器官房产一一捐, 道德家风代代传。

　　　　复兴中华强国梦, 白发激情似少年。

就在写诗的当天，贺宗武在《中国人体器官捐献志愿书》上签字，自己死后愿将肾脏、肝脏、心脏、角膜等八种器官全部捐献。同时注明，遗体如果可作为科学研究，也不例外。

而在此之前的 2013 年 7 月 29 日，贺宗武就立下遗嘱，将坐落在社区的一套 90 多平方米的房子无偿捐献给社区党支部，由社区处置。当时社区负责人觉得事关重大，想婉言谢绝，但贺宗武请来了蒸湘区委组织部领导作见证，自己和长子贺向阳同时在捐赠文书上签字同意，才把房产捐赠的相关手续办理完毕。

贺宗武对自己"捐房捐遗"的行为解释说："读了这么多年马克思主义，跟共产党走了一辈子，捐房产，就当是交最后一笔党费；如果我的遗体和器官能够发挥作用，有益于社会，这就是我获得的最大的奖赏。"

贺宗武 1935 年 9 月出生于衡阳县岘山镇荣福村一个五代书香门第，1958 年招工到湖南省界牌陶瓷总厂。在界牌陶瓷厂工作 38 年，贺宗武获科研成果 140 余项，其中发明创造 80 余项，26 项填补国内空白；《萍乡粉石英陶瓷工业中的应用研究》《衡山钠长石在玻璃和陶瓷中的应用研究》等 10 篇论文被收录《中国科学技术文库》《中国实用科技成果大辞典》。其中《陶瓷釉料始熔温度实用计算公式研究》获世界重大学术创新成果特等奖。

1996 年贺宗武退休后，虽然工资不高，但他每年至少捐出一个月的退休金用于慈善事业。多年来，只要知悉哪里有需要帮助的人，贺宗武总是义无反顾地施以援手。这些人无论是老家的亲戚老乡，还是社区里的邻居朋友，甚至是街头偶遇的陌生人，他能帮就帮。2007年10月，老家集资修路，贺宗武一下拿出了6000多元。2008年5月13日，他向汶川地震灾区捐款。2012年4月的一天晚上，他得知市民杨华艳的孩子罹患白血病急需医药费，第二天一早就和老伴通过媒体捐了400元。有人说贺宗武是傻子，贺宗武说："我愿意做这样的傻子。作为共产党员，就是应该全心全意为人民服务，就是不应该比钱、比享受，而应该比贡献。我只有努力工作，服务人民，才能报答党恩国恩。"

2017年，他每月养老金只有2700元，但当年却捐献了5400元。他退休22年，为爱心事业捐出3年半养老金。直至最后立下遗嘱，捐出房产和遗体，永葆对党和人民的那份赤诚初心，他先后获评2008年度第一届全国百名道德模范、2014年度第二届中华慈善突出贡献奖"人物奖"、湖南省2017年度"最美志愿者"、衡阳市2019年度"最美老干部"等荣誉称号。

岣嵝"天路"春盎然

———————————————— 旷文莲

> 1998 年开始，旷文莲担任衡阳县岣嵝乡集云村党支部书记。任职期间，她多次提议修路。2014 年她四处筹集资金开始修路，历经千辛万难，终于在年底修成了一条长达 6.7 千米、宽 5 米的路基，并于 2016 年硬化路基。偏僻的小山村也有了一条公路。

天路不只在西藏，在韩红的歌声里。如果你驱车来到衡阳县岣嵝乡集云村，这里的盘山公路必将满足你对天路的全部想象。集云村位于岣嵝峰山腰，海拔近千米，地势高低起伏，山体层峦叠嶂，山间沟谷纵横，各组之间全是山间梯道。要在这样的原始次森林里修路，几乎是难于上青天。但世间总会有这样的勇士，他们敢于逆天改命，且愈挫愈勇——旷文莲便是写下这个传奇的巾帼勇士。

1998 年开始，旷文莲担任集云村党支部书记。其间，她曾多次提议修路，但因种种原因，都没有付诸实施。2014 年 2 月，旷文莲下决心修路。可仅仅是挖路基，所需资金便在 100 万元以上。集云村只有 80 来户 300 多人，靠村民集资，不过是杯水车薪。

● 衡阳峿嵝峰石碑

旷文莲召集村支两委及党员、村民开会，建议先向县交通部门借款启动工程，不足部分一是请参加工程建设的亲朋好友帮忙，二是动员自己做生意的儿子资助，路基打通后，再去争取国家指标进行硬化。她的想法得到了大家的赞许，但落实却特别艰难。她像念经一样，天天在家人和亲朋好友面前念叨修路、念叨资金，仿佛走火入魔。

"如果不答应她，我娘怕是会有个三长两短呢。"她儿子默许了，其他亲友也禁不住她的软磨硬泡答应了，旷文莲开心得像个孩子。3月初，初春时节，工程正式开工。半年时间里，从设计到施工，旷文莲既是指挥员又是战斗员还是炊事员。几台挖机、

110

推土机、拖车的工人全在她家吃住。每天她淘好米、洗好菜后去工地，下了工地，赶紧回家炒菜做饭。家里、工地，两点一线，哪怕合上眼，梦里还是这条路。工程启动了，旷文莲没有让村民们平摊一块钱。

旷文莲没有想到，资金缺乏只是第一难，更难的是开山动竹动树。当挖机挖到旷文莲三妯娌家的自留山时，一向和她关系甚好的妯娌，躺在地上又哭又闹阻止施工。旷文莲劝不动拖不动，只得打电话给南岳街上的儿子，儿子火速开车赶回家，将三伯母抬到车上。然后，挖机继续开工。

一条条山谷劈成两开，一块块大石凿成石壁，几座山头机器轰鸣数月。2014年底，一条长达6.7千米、宽5米的路基呈现在集云村百姓眼前。村民们欢天喜地，旷文莲则又踏上了争取村道硬化资金的征程。她赶乡里、往县里、奔市里、赴省里，每天忙得不亦乐乎。领导被她的执着所感动，分批下发了国家补助资金200多万元。还清旧债后，开始硬化路基。2016年10月，集云村的山谷间终于诞生了一条盘旋多姿的"天路"。

一车车竹木、药材通过"天路"运往山外，一批批游客通过"天路"来此旅游休闲。昔日偏僻的集云村，如今人气旺盛，春意盎然。走在这条"天路"上，人们无不感念旷文莲的辛劳和恩德，纷纷为这样的好干部点赞。

在石头上“酿酒”的工匠

吴国威 —————————————————————

吴国威，常宁市宜阳镇人，从小钻研书画篆刻，尤其擅长版画创作，被誉为“常宁版画的创始人”，曾获得中国版画界最高奖——鲁迅版画奖。2003 年，他在家乡常宁把一座石山打造成了“中国印山”，展现了中国篆刻艺术的光彩，也带动了当地的旅游发展。

在常宁市庙前镇金龙村，有一座全国独一无二的“印山”。5700 多枚形态各异的朱红印章，如同一颗颗璀璨的明珠镶嵌在大大小小的石头上。中国书法协会主席沈鹏亲笔题写“中国天下印山”。台湾诗人洛夫将中国印山称为“会酿酒的石头”。倾力打造这座印山的，是常宁市文联原主席吴国威，其打造印山的故事至今为人称道。

吴国威是常宁市宜阳镇人，从小就钻研书画篆刻，尤其擅长版画创作，被誉为“常宁版画的创始人”，曾获得中国版画界最高奖——鲁迅版画奖。

2002 年，吴国威在南岳衡山采风作画时受到启发，决定在自己的家乡常宁建一座文化山，通过发展旅游来改变家乡面貌。

他相中了常宁市庙前镇金龙村一座荒芜的石头山，并以此为画板，将中国几千年的篆刻精品刻于山水之间。

2003年5月16日，吴国威精心谋划的中国印山开山了。当时的印山，怪石林立，荒草杂树丛生。要在石头山上雕刻出一枚枚印章，第一步是选好地方，做好规划。吴国威花半年多时间清山，从荆棘与泥块中砍出了一片石林，从岩石中炸出了一条山路。为了设计游道，吴国威山上山下来回穿梭，直到每一块石头的位置烂熟于心，才动笔勾勒曲曲折折的线路图。

测绘图、线路图、布局图、施工图出来后，吴国威开始组织刻印。刻印看上去简单，但要经过选石、定位、打磨、选稿上石、雕刻、清洗、上色、拓片等19道工序，每一道工序都不能有半

● 中国印山

点马虎。吴国威设计好后，寸步不离地守着石匠完成。印缺了，补上；印歪了，重来。一块 7.5 米高的石头上，刻上了一枚"天地人和"的大印。第一次刻稍有走样，一般人看不出，但他硬是把已刻了 2.5 厘米深的石头磨平重刻。如此反复，每枚印章刻出来，他指导不下几十次。

在悬崖峭壁上一锤锤地凿印章，有时根本无法站稳脚，既不能用梯子，又无法扎架子。常宁市文联的同志和司机有时两手撑地，弓下身子，让吴国威站在背上，另一人则扶住他的腰，以防有个闪失；有时用绳子一头系住吴国威的腰，另一头系在上面的大树干上，再让他站到肩上。这样的惊险"表演"时有发生，但幸好每次都有惊无险。

对艺术精益求精，吴国威经常处于忘我的状态中。一个烈日炎炎的中午，吴国威根据象形石要刻一个猪的象形印，但效果一直不理想。他高度紧张，指导工匠修改，讲得口干舌燥时，随手拿起旁边的瓶子就往嘴里灌。喝下去三分之二才发现口感不对，停下一看，原来是旁边一瓶用来粘图案的乳胶。同伴急了，马上给他灌水。幸亏乳胶掺兑了不少水，毒性不大，吴国威才得以脱险。

经过吴国威一刀刀、一凿凿、一年年的精雕细刻，一件巨型艺术品——天下印山雄壮地屹立在常宁庙前的山林里。以印山文化体验、地质观光、乡村休闲为主题的中国印山，如今已升级为国家 AAAA 级旅游景区。

谭千秋最后的姿势

———— 谭千秋

谭千秋，衡阳市祁东县人，中共党员。1978 年，他以优异的成绩考入湖南大学。毕业后进入教学行业，成为四川绵竹东汽中学的教师。2008 年，在汶川地震中，他为保护学生献出了自己的生命。

那个场景震惊所有人，那个姿势将永远定格。在地动山摇的那一刻，谭千秋弓着身体，张开双臂，紧紧地趴在讲桌上，用坚定的信念和大无畏的勇毅保护了 4 名学生的生命安全。

出生于湖南省祁东县一个农民家庭的谭千秋，凭着自己的努力考上了大学，毕业后进入教育行业，成为四川省绵竹市东汽中学的一名政治教师。

2008 年的 5 月 12 日，汶川突发 8.0 级大地震，刹那间，大地崩塌，山川破裂。在地崩山摧的巨响中，民居、学校、商店等建筑猝然倒塌，如倾泻的洪水般淹没了无辜的人群。人们被埋在深深的废墟里，无助地挣扎、呐喊、求助……

下午 2 点多，谭千秋正在给高二（1）班的学生们上思想政治课《人生的价值》。这堂课上了 28 分钟时，教学楼突然开始

● 汶川地震英雄老师谭千秋雕塑

剧烈地抖动，谭千秋猛然意识到是地震，脑海里瞬间闪过：教学楼快塌了。他并没有先跑，而是马上叫道："大家快跑，什么也不要拿，快……"就这样有序地组织着惊慌失措的同学们先撤离。

教学楼即将倒塌，可还有4名学生没有撤离，此刻已经来不及了。在生死关头，谭千秋不假思索地张开双臂，拼尽全力将4名学生护在讲台下面，用自己并不强健的体魄为学生撑起了生命的天空，用血肉之躯给桌子下的同学搭起一道保护伞……当救援人员发现谭千秋的时候，他双臂张开趴在讲桌上，身体已经僵硬，后脑被天花板砸得深凹下去，血肉模糊，身下死死地护着4名学生。4名学生被救下了，谭千秋用这样一个姿势，将自己的生命永远定格在51岁。

    2008 年，谭千秋被追授"全国抗震救灾优秀共产党员"称
号，2009 年被评为"100 位新中国成立以来感动中国人物"之一，
2019 年被评选为"最美奋斗者"。谭千秋虽然走了，但他大无
畏的牺牲精神和无私的爱将会永远感动和温暖着我们，他那张开
双臂的身躯已成为人们心中一座永远矗立的丰碑。

用倔强书写科研人生

丁德馨

丁德馨，南华大学教授、博士生导师，主要从事铀矿采冶研究，是铀矿冶生物技术国防科技创新团队带头人、铀矿冶生物技术国防重点学科实验室主任及学术技术带头人、南华大学矿业工程湖南省重点学科带头人，是中国铀矿采冶学科的"拓荒牛"。

如果你走在南华大学的校园，你可能会看到这样一位老头，他头发花白，步履蹒跚，走路时身子侧向右边，左手垂下，右手单臂摆动，平常人五分钟的路程，他可能要走上半个小时。你若上前准备去搀扶他，他会倔强地摆摆手说："谢谢你，我可以。"

他就是博士生导师、享受国务院特殊津贴专家、铀矿冶生物技术国防科技创新团队带头人、铀矿冶生物技术国防重点学科实验室主任及学术技术带头人、南华大学矿业工程湖南省重点学科带头人——丁德馨。

1977 年，丁德馨被医生诊断为强直性脊柱炎，医生曾说十年后他可能会瘫痪。但生来倔强的他，从不认命，开始翻阅大量医书，自制健身器材，每天坚持运动锻炼。 2008 年，因强直性

● 丁德馨与学生在一起

脊柱炎导致脊柱不断下弯，丁德馨躯体严重佝偻，不得不做双髋关节置换手术。2015年，脑中风又找上了他。然而他是病魔摧不垮，困难吓不倒，数十年如一日，坚持在科研前线，坚守在七尺讲堂。家人希望丁德馨65岁后能退休，他却"狡黠"地一笑，"还是希望能做更多的事，为国家、为社会多作一点贡献"。从教30余年，丁德馨带出来1600多名本科生、120多名研究生，为核工业培养了4000多名专业人才，建立了完整的铀矿采冶学科体系。

丁德馨与铀矿采冶结缘，还要从1986年说起。那一年，丁德馨入职衡阳工学院（现南华大学）参加采矿工程（铀矿采冶）专业的筹建，没想到，这一干就是37年。1990年，他踏上了去澳大利亚新南威尔士大学求学深造之路。1992年，丁德馨拒绝了当地大学给他提供的高额奖学金，婉拒了国外研究团队的邀约，学成回国。他将学习期间收集的铀矿采冶技术资料整本整本地复印装箱带回国，整整装了 3 个大行李箱，复印费、超重费花了 4000 多元。

在掌握了地浸采铀技术后，丁德馨并未就此止步，而是进一步刻苦钻研矿物微波加工等技术研究。1997 年，丁德馨作为学科带头人成功申报了铀矿采冶硕士点。2005 年，在他带领下，学校又获批铀矿采冶博士点。2007 年，创建了全国唯一的铀矿冶生物技术国防科技创新团队和国防重点学科实验室。2009 年，成功申报了矿业工程（铀矿采冶）博士后科研流动站。2010 年，成功申报了矿业工程（铀矿采冶）一级学科博士学位授权。至此，南华大学建成了我国唯一一个培养铀矿采冶学士、硕士、博士、博士后的国防特色学科。

丁德馨用他顽强的意志力，以患病之躯，潜心研究铀矿采冶技术，建立了中国唯一完整的铀矿采冶学科体系，被誉为"核工业粮食"的安全护卫者、中国铀矿采冶学科的"拓荒牛"。

为国争光的祁东男儿

————————————————————————— 樊振东

樊振东，衡阳市祁东县人，中国乒乓球运动员，2012 年初进入国家队，12 月便拿下了乒乓球世青赛男单、混双、男团的冠军，此后多次获得各类赛事冠军，成为乒乓球赛场上耀眼的明星。

樊振东，出生于 1997 年 1 月 22 日。因家境困难，父母双双南下广东打工攒钱，樊振东在祁东老家度过了童年时光，6 岁时被父母接到广州。一次偶然的机会，父母听说进入学校运动队可免除一些学费，于是领着小樊振东去少年宫报名学习乒乓球。6 岁的樊振东初到少年宫就表现出了对乒乓球极大的热情和天赋。从此，樊振东开始了上学在校训练、放学在少年宫训练的生活。

体育训练是一件很累、很苦且回报周期漫长的事情，但樊振东从没喊过累、叫过苦，他想夺冠，他想为国争光，他想通过自己的努力让国旗在赛场飘扬，让国歌在赛场激荡。正是这个梦想，支撑着他不停地训练，不断地总结，不断地提升。小小年纪，他就取得了不俗的成绩，之后被送到广州市体校，进入八一队，并在 15 岁时进入国家队。

2012 年 12 月，樊振东拿下了乒乓球世青赛男单、混双、男团的冠军。2014 年 5 月第 52 届团体世乒赛，中国队获得男团冠军，樊振东也凭借此次比赛成为男乒史上最年轻的世界冠军。2014 年 8 月，樊振东在第二届夏季青年奥林匹克运动会中获得乒乓球男单冠军，实现了世界青年顶级乒乓球赛的大满贯。2016 年 10 月 3 日，樊振东在世界杯乒乓球赛男子单打决赛中获胜，夺得个人生涯首个世界三大赛（世乒赛、世界杯、奥运会）的单打冠军。2020 年 11 月 15 日，在乒乓球世界杯男单决赛中，以头号种子选手身份出战的祁东男儿樊振东夺冠，成为国际乒联男子世界杯历史上第一位连续三届夺冠的运动员。2021 年 8 月 6 日，东京奥运会乒乓球男团决赛，樊振东与队友获得男子团体冠军。

"每一次（夺冠）都非常艰难，能够获得冠军也非常开心""只要不放弃、不怕苦、不怕累，顽强拼搏，就一定能取得成功"，樊振东如是说。是的，他用拼搏与汗水绽放着属于自己的青春光芒；他以优异的成绩为人生添彩、为家乡增色、为祖国争光；他让雄壮的国歌在国际赛场上一遍遍奏响，带着全体中国人的底气、骨气、志气，聚焦全世界的目光！

第四章　奋进新征程

衡阳美，美在风景，美在文化，美在心灵。进入新时代，衡阳干群甘于奉献，勇于担当，用大爱书写对党的忠心、对人民的真心，让雁城衡阳，处处洋溢着爱的芬芳和温暖；衡阳干群锐意奋发，砥砺前行，让一个又一个梦想在衡阳成为现实，绘就了高质量发展的最美底色，勾勒出城市欣欣向荣的最美模样！

岁月留声

● 衡阳城市建设

衡阳美

词｜罗彪扬

衡阳美哟，衡阳美呃，
青山绿水多明媚哎。
南天朗朗哟，大雁回，
湘流九曲渔舟飞哎。
八百里衡岳哟，八百里歌，
朋友来了不思归，
哎哟喂哎哟喂。
衡阳美哟，衡阳美，
风光满目尽芳菲。
衡阳美哟，衡阳美，
风情万千令人醉，令人醉哎。

衡阳美哟，衡阳美呃，
人文灿烂四海辉哎。
蔡伦造纸哟，传圣火，
船山立说铸丰碑哎。
三千年酃酒哟，三千年香，
朋友醉了不思归，
哎哟喂哎哟喂。
衡阳美哟，衡阳美，
风光满目尽芳菲。
衡阳美哟，衡阳美，
风情万千令人醉，令人醉哎。

歌曲赏析

  21 世纪 20 年代的中国，人间最美是故乡。2018 年以来，由罗彪扬作词、刘剑宝作曲、李君演唱的歌曲《衡阳美》响遍了衡阳的大街小巷，深受人们的认可。这首歌以飞扬的文采、优美的曲调、昂扬的旋律、高雅的意境，唱出了衡阳的美，唱出了对衡阳的热爱，似涓涓流水，又像高山峻岭，让人听了如痴如醉、激情澎湃、心旷神怡。

  雁到衡阳不南飞，客至衡阳不思归。衡阳美，美在风景，以南岳衡山领衔，携岣嵝峰、岐山、东洲岛、中国印山、蔡伦竹海等精品景区景点，让人流连忘返；衡阳美，美在文化，红色文化、抗战文化、大雁文化、宗教文化等各种文化相融相生，勾画出衡阳文化的大美图景；衡阳美，美在城市，衡州大道数字经济走廊、湘江和蒸水沿江风光带等成为衡阳亮丽的城市名片；衡阳美，美在心灵，"100 位为新中国成立作出突出贡献的英雄模范人物"夏明翰、"盘肠大战英雄"罗连成、"中国好人"邹晴、"全国敬业奉献模范"贺宗武、"全国道德模范"匡兵温琦华夫妇、"感动中国人物"李丽以及遍布城乡的"衡阳群众"志愿者，彰显了衡阳人民的力量与风采。

祝融探火（节选）

词 | 徐仲衡

祝融一把火，　　　　　日出是火，

火神火种传播；　　　　万里江山壮丽磅礴。

福地一盏火，　　　　　火火火，祝融探火，

点亮心灯朵朵；　　　　青春是火，奋斗是火。

洞天一炉火，　　　　　火火火，祝融探火，

炼出中华寿岳；　　　　希望是火，温暖是火；

天门一团火，　　　　　火火火，祝融探火，

昂扬华夏气魄。　　　　前程会火，未来会火；

红旗是火，　　　　　　火火火，祝融探火，

星星点点席卷山河；　　火火的时代，火火的歌。

　　2022年11月25日，首届衡阳市旅游发展大会在南岳区万寿广场开幕，《祝融探火》是为大会量身打造的主题曲，由青年歌唱家乌兰图雅在现场首唱。

　　歌词开头通过"一把火、一盏火、一炉火、一团火"的排比，以精炼的语句，点出了祝融是位传播火种的火神，南岳是宗教文化、福寿文化重地，天问火星探测器将祝融号火星车送上太空的内涵。接下来笔锋一转，将火的内涵作了进一步延伸：红旗是火，星火席卷，是一代共产党人打下江山的红色赞歌；日出是火，江山壮丽，展现了建设新中国磅礴画卷。

　　副歌部分，重章叠句，将火的主题从国家拓展到个人命运，国家与个人命运的主题交互在一起，寓意在时代兴盛的大背景下，青春、奋斗之火，希望、温暖之火，火火的你我，最终汇聚在一起，前程会火，未来会火，创造出一个火火的时代，火火的中国。

　　整首歌歌词大气豪放，旋律欢快昂扬，充满了鼓舞人心的力量，不仅生动演绎了祝融火神的传说，也唱出了新时代火一般的精神、火一般的辉煌成就。

衡阳故事

● 常宁市塔山瑶族乡茶农在茶园采茶

烈火中的勇士吉湘林

———————————————— 吉湘林

吉湘林出生于 1980 年，2001 年 7 月从湖南省公
安高等专科学校毕业后成为雁峰区广场派出所的一名
人民警察；26 岁，当上了白沙洲派出所的副所长，成
为当时衡阳市最年轻的副所长。

2014 年 11 月 13 日，有人报警："一男子跑进雁城路 63 号
3 楼 302 室，扬言要纵火自焚！"接警后，时任衡阳市公安局雁
峰分局广场派出所副所长的吉湘林和同事迅速赶到了现场。这是
一栋老居民楼，房屋陈旧，住了 200 多户共 500 多人。如果整
栋楼房起火，后果不堪设想。

现场房间地上，一男子倒满汽油，一只手拿着打火机，另一
只手拿着盛汽油的矿泉水瓶。吉湘林一方面继续耐心做工作，一
方面交代同事迅速组织群众转移，并准备好一床湿棉被。七八分
钟后，队友悄悄把湿棉被塞到了吉湘林的脚下。这时楼下响起消
防车的警报声，男子情绪陡然激动，瞬间拿打火机点燃了手中的
汽油瓶，胡乱抛洒。汽油溅满吉湘林全身，顿时他全身着火。但
是他来不及多想，迅速从脚下拿起湿棉被朝该男子盖了过去……

"屋里还有一个（嫌疑人）。"这是战友将吉湘林背出房间时，吉湘林用尽全力说出的一句话，随后便再也说不出话来。经医生诊断，吉湘林全身烧伤面积超过25%，头部、双手伤势尤为严重，烧伤等级分别达到3度、4度，一度生命垂危，经过3天3夜抢救，才脱离生命危险。被疏散的500多名群众无一伤亡。

清创、植皮、康复锻炼……比烧伤更难熬的还有漫长的恢复期，为了避免麻醉药物可能带来的伤害，吉湘林硬是咬紧牙关，用血肉之躯扛过一次次凌迟般的病痛折磨。历经数年治疗、多次手术，他身上多处伤疤依旧明显，每一处都是惊心动魄的生死见证。

2017年8月，在4次申请后，吉湘林重返心爱的公安岗位。因工作成绩突出，吉湘林先后获得全国公安系统二级英模、全国"我心目中的警察英雄"特别奖、中国好人榜"敬业奉献好人"等多项荣誉。

禾下乘凉梦

——— 袁隆平

袁隆平1953年毕业于西南农学院，一生致力于杂交水稻技术的研究、应用与推广，发明"三系法"籼型杂交水稻，成功研究出"两系法"杂交水稻，创建了超级杂交稻技术体系，是中国杂交水稻事业的开创者和领导者，被称为"杂交水稻之父"。

他是一位饱经风霜而消瘦的老人，太阳亲吻过他黝黑的皮肤，岁月在他脸上刻下一道道皱纹，时光将他的须发染成花白，他却丝毫顾不上这些，只大步迈向田野，用粗糙的双手轻轻地抚摸着稻穗，眼里满是欢喜。他用一粒种子，改变了世界。

他就是"共和国勋章"获得者、"杂交水稻之父"袁隆平。袁隆平大半生的时间都在忙碌着一件事情——让更多人吃饱饭。他曾经做过这样一个梦：高产稻比高粱还高，稻穗有扫把那么长，籽粒有花生那么大，自己在禾下乘凉。为了实现这样的梦，他将一生献给了百姓的"饭碗"。今天，不仅是中国，在全世界范围内有十亿人都因此受益。

袁隆平与衡阳结下过不解之缘。追梦路上，他曾先后20多

● 袁隆平

次来到衡阳考察杂交水稻生产情况，在衡阳留下了深深的印记。此外，杂交水稻亩产的最高纪录也是诞生在衡阳。

2015年9月30日，湖南省做优做强湘米产业暨高档优质杂交稻新品种展示新闻发布会在衡阳县西渡镇梅花村举行，袁隆平在品尝了新品种稻米煮出的米饭后，亲自为湘米代言。2019年9月17日，刚刚度过90岁（虚岁）生日的袁隆平应邀来到衡东县洣河桥村，在陶氏种植专业合作社试验田察看"第三代杂交水稻"制种情况。2020年11月2日，衡南县清竹村进行了杂交水稻双季测产，结果显示亩产达到了1530.76公斤，其中早稻619.06公斤，第三代杂交水稻晚稻品种"叁优一号"911.7公斤，超过了1500公斤的预期目标。这一次，袁隆平虽然没能来到现场，但与现场进行了视频连线。他激动地说道："好好好，激动啊！

本次测产是非常重要的，意味着一亩地可以养活 5 个人。"2021年，袁隆平团队第三代杂交水稻衡南示范基地，双季稻亩产达1603.9 公斤，再次刷新世界纪录。

"人就像种子，要做一粒好种子。"这是袁隆平常说的一句话，他的一生也践行着这句话。作为一个真正的耕耘者，他像一粒种子那样扎根大地，茂禾繁穗，追逐并实现着自己"禾下乘凉"和"杂交水稻覆盖全球"的梦想。

农旅融合的"梅花之路"

农旅融合 ———————————————————

2021年，农业农村部印发《农业农村部关于拓展农业多种功能 促进乡村产业高质量发展的指导意见》，提出要大力推进"休闲农业+"，突出绿水青山特色、做亮生态田园底色、守住乡土文化本色，彰显农村的"土气"、巧用乡村的"老气"、焕发农民的"生气"、融入时代的"朝气"，推动乡村休闲旅游业高质量发展。

———————————————————

在乡村振兴的百花园中，衡阳县西渡镇梅花村就像怒放的梅花一样，格外灿烂夺目。

2015年以来，梅花村村支两委团结带领全村人民，依托毗邻县城的区位优势，打造农旅结合六大功能区，走出了一条乡村振兴的"梅花之路"。

特色小镇示范区让你享受游玩的快乐。与浙江沪马旅投合作，投资3亿元，分三期建设且已建成的小蛮腰玻璃观光塔、冰雪王国、摩天轮、3D越野车、七彩滑道等项目，2020年正月投入运营后立即成为网红旅游打卡地，仅半个月，收入达283万元。

农事科普体验区让你领略科技的奥妙。围绕3000余亩高档优质稻规模化生产，建设了"人不下田、谷不落地"的现代化、机械化稻作公园，满足休闲观光、农事体验、农业科普、农业研学等市场需要。

特色瓜果采摘区让你感受丰收的喜悦。统筹利用800余亩园地资源，建设50亩玻璃观光大棚，引导村民栽培美国脆柿、三红柚、黄桃、酥脆枣等10余种特色果树，建设好看、好玩、好吃的"四季果园"，实现休闲有园，游览有花，采摘有果。

生态蔬菜种植区让你体验劳动的光荣。建成300亩无公害蔬菜产业基地，推出"共享农场"，专供城市居民领种，农户协助日常管护，让城市居民获得"出出汗，劳动劳动，蛮过瘾"的满

● 西渡镇梅花村美景

足，村民获得"不下地也能收菜收钱"的喜悦。

乡村休闲美食区让你留恋舌尖的美味。发展民宿型家庭农庄、农家乐以及原生态家庭手工作坊，唤起舌尖上的乡愁。注册"梅花村""梅花缘""梅花俏"3个村级公用品牌，用以销售具有品质保证的香米、籼粑、糍粑等农家特产。

梅花文化康养区让你获得丰厚文化的滋养。建设绵延3千米的梅花文化长廊、6米宽的村主干道（梅花大道），高标准建成15个美丽屋场、8个村民集中住宅小区、3个文化休闲广场和村史馆等，打造一步一景、移步换景的"康养小镇"。

村在景中，家在园中。梅花村农旅融合火了，前来游览的旅客络绎不绝。3年来，梅花村共接待游客逾20万人次，旅游收入达2000余万元，2021年村级集体经济突破150万元。

衡阳的山乡巨变

———— 脱贫攻坚

2015 年 11 月 23 日，中共中央政治局审议通过《关于打赢脱贫攻坚战的决定》。该决定指出确保到 2020 年农村贫困人口实现脱贫，是全面建成小康社会最艰巨的任务，号召全党凝心聚力，精准发力，苦干实干，坚决打赢脱贫攻坚战，为全面建成小康社会、实现中华民族伟大复兴的中国梦而努力奋斗。

一手拉一手推，祁东县爱君皮具有限公司扶贫生产车间工人付芝兰的双手熟练地游走在皮料与针线之间，很快便用缝纫机锁好了边。在付芝兰的身边，数十名工人像她一样埋头忙碌，一块块皮料在她们的手中变成一个个时尚耐用的皮包。

"这是我们家的鸡，它们自由地在林间觅食，吃各种虫子和草……"在衡阳县界牌镇将军村，从小患有脆骨病的"袖珍姑娘"彭超坐在电动轮椅上，一边举着自拍杆拍摄山里散养的土鸡，一边向直播平台上的网友宣传自家出产的特色土鸡蛋。凭借一部手机，靠着"直播＋网红＋农产品"的营销方式，彭超把大山里的土鸡、鸡蛋等产品卖得风生水起，成为当地的"网红"。

● 常宁市塔山瑶族乡茶园采茶

　　清晨，常宁市塔山瑶族乡的茶园里，几位瑶族姑娘穿梭在茶林中，瑶歌婉转，引来不少游客驻足欣赏。75岁的周月秋在与游客交谈时捧出一个神秘的本子："这是去年过年儿媳妇在家写的字，好看吧！"这位在穷山沟苦了大半辈子的老人，不仅种着1亩茶叶，养了蜜蜂，还加入了村里的养牛合作社，小日子过得滋润。特别是他家打了几十年光棍的儿子娶上了中专文化的老婆，更让周月秋老人骄傲和自豪。如今的瑶族乡，再也不是"媳妇不敢嫁进门"的穷山沟了。

　　衡阳县贫困户廖兴龙夫妇，在扶贫干部的帮助下创办了兴龙种鸡蛋养殖场，年收入10多万元。他们的两个孩子也享受到了教育扶贫的各类补助，读书没有了后顾之忧。憧憬未来，"鸡司令"廖兴龙信心满满地说："养好脱贫鸡，致富奔小康。我想再扩大养殖规模，让我家的孩子们过上更好的生活，并尽我所能带动其他贫困群众一起致富奔小康。"

　　上述生动场景，是衡阳脱贫攻坚图景中的一个个缩影。

"十三五"期间，市委、市政府抓住脱贫攻坚这个最重要的政治任务，坚持产业扶贫断穷路、就业扶贫摘穷帽、安居扶贫挪穷窝、教育扶贫挖穷根、健康扶贫治穷本、保障扶贫兜穷底、设施扶贫改穷貌，用"绣花"功夫推动各项扶贫政策落地生根，变"大水漫灌"为"精准滴灌"，将政策"含金量"转化为群众"满意度"，交出了"不落一户、不落一人"的优秀答卷，唱响了与祖国同频共振、血脉相连的大地颂歌。

　　2017年省级贫困县祁东县实现脱贫摘帽，2018年衡阳全市322个贫困村全部出列，2020年全市102662户322375名贫困人口实现全面脱贫……一组组数字证实了脱贫攻坚的"衡阳力量"，一个个嬗变见证着脱贫攻坚的"衡阳经验"。"潮平两岸阔，风正一帆悬。"在市委、市政府的领导下，衡阳人民正踔厉奋发、勇毅前行，书写衡阳"山乡巨变"的新篇章。

● 塔山瑶族乡新貌

从田野里走出来的"新农人"

新农人 ─────────────────────────────

　　新农人是农民的新群体，农村的新细胞，是指有知识有文化，采用现代科学方式从事种植、养殖业的一群农民。他们给乡村带来了新思维、新观念、新办法，加快了智慧农业、生态农业、合作农业、农村物流、农村电商等新业态的发展。衡阳人朱霞就是一位新农人。

─────────────────────────────

　　"10月16日上午，走进金碧辉煌的人民大会堂，我坐在中一区12排12号，现场聆听习近平总书记所作的报告，感到无比光荣。"回忆起当时参会情形，党的二十大代表朱霞的心情激动不已。

　　朱霞，1989年8月生，毕业于湖南农业大学，中共党员，党的二十大代表，衡阳县台源镇台九村党总支委员、村委会主任。

　　2017年回乡流转土地5800余亩，种植水稻、油菜等农作物，推出了"蒸水香"系列农特产品，带动158户贫困户440人脱贫致富。从一名教师到种粮大户，朱霞的青春背后，有着怎样动人的故事呢？

● 朱霞在察看水稻生长情况

朱霞的父亲朱东阳是县里有名的种粮大户，创办湖南省嘉穗农业发展有限公司，流转土地3000多亩。大学毕业后，朱霞本来有着一份惬意、稳定的教师工作，可她每次回家见到父亲在田间劳作的身影便发愁，既担心花甲老父无法再承担劳累的农活，更担心这一片承载着民生的农田被荒废。

2017年，朱霞辞去城里稳定的工作，接过父辈手中的"接力棒"，回到家乡种起了田。从此，在台源镇的乡野上，常常能够见到"霞妹子"娇小的身躯，时而驾驶农业机械抢种抢收，时而安排调度工人工作，动作之娴熟，让人难以相信她曾经是"五谷难辨"的种田"小白"。

"做新农民，首先要理念新！"朱霞接手公司后，琢磨如何改变当地粮食生产效益低的状况，她决定带动乡亲们走品牌化、

● 朱霞在田间劳动

规模化、机械化的现代农业之路。

朱霞将流转土地扩大到5800亩，搭建育秧大棚，用智能密室催芽技术提高秧苗成活率。购置插秧机、旋耕机、烘干机等智能农机，提升公司机械化水平，周边农户也能享受到这套专业解决方案。新建大米加工厂，注册"蒸水之宝"大米商标，通过品牌建设，提高农产品附加值，辐射带动更多群众增收。

"当新农民，就得懂机械化耕作。"朱霞率领村上20名年轻小伙儿，报名参加县里组织的农机手培训。现在，驾驶各种现代化农业机械抢收抢种，操控无人机播喷农药，朱霞俨然已是"老把式"。

几年辛苦耕耘下来，朱霞已经拥有了一支70多人的专业务农队伍，形成了一条现代化标配的粮食生产线。公司近 5 年粮食总产量达 3 万吨，安排劳务用工 100 多名，员工人均年收入突破 3 万元。

她不仅靠着自己的努力和智慧做到了"种田也能致富"，更是带动了乡亲们共同耕耘出一个个充满希望的春天。2021 年，朱霞被农业农村部授予"全国粮食生产先进个人"称号。同年 7 月，国务院副总理胡春华视察她的基地时竖起大拇指点赞："湖南农业了不起，湖南妹子了不起！农村是广阔的天地，大学生在这里大有作为，你的路子选对了！"

从北京返乡后，朱霞第一时间把二十大精神送到田间地头，她表示："我一定对标二十大报告中习近平总书记对青年朋友提出的殷殷期望，坚定不移地听党话、跟党走，全心全意为群众服务，带领大家多种粮、种好粮，让每一张笑脸在台九村的每一个角落绽放。"

街道上的红马甲

"衡阳群众" ────────────────

　　"衡阳群众"是衡阳市创建的著名地方群防群治品牌。活跃在城市乡村的"衡阳群众"志愿者，有机关干部、企业工人、社区工作者、青年学子等。他们是衡阳的主人翁、文明志愿者、平安守护人，他们活跃在大街小巷，他们穿着红马甲，是这座城市随处可见的风景线。

　　交通整治、文明劝导，有"衡阳群众"在；扶老助幼、爱心送考，有"衡阳群众"在；美化城市、保护环境，有"衡阳群众"在；治安巡防、调解矛盾，有"衡阳群众"在；访贫问苦、抗疫救灾，有"衡阳群众"在……什么是"衡阳群众"？"衡阳群众"是衡阳主人翁、文明志愿者、平安守护人。

　　2019 年 2 月 28 日，衡阳市召开创建全国文明城市、国家卫生城市工作推进会暨打造"衡阳群众"品牌动员会。

　　随即，全市上下迅速掀起创建全国文明城市、国家卫生城市和打造"衡阳群众"品牌的热潮。截至 2023 年 2 月 28 日，全市注册志愿者超 145 万人，注册志愿组织 5112 个，开展志愿活

● 衡阳市创建全国文明城市、国家卫生城市工作推进会暨打造"衡阳群众"品牌动员会

动10万余次,累计志愿服务超过630万小时,街头随处可见的"红马甲"成为这座城市的一道亮丽风景。

衡阳县乡村教师杨光明发现学生缺课,及时上门救出煤气中毒的一家四口;祁东县七旬老人周千满照顾瘫痪妻子46载;衡阳县农民志愿者肖高敏孤身千里驰援河南,洪水中勇救67人;市政协委员陶雄喜无偿献血22年;3岁的小晨雨被卷车底,20多位"衡阳群众"志愿者合力抬车救人;湖南工学院学生得知煎饼摊主丈夫患癌,排队买煎饼……

活跃在城市乡村的"衡阳群众"志愿者,他们可能是机关干部、企业工人、社区工作者、普通百姓、青年学子……他们用自己的付出帮助他人，用自己的言行影响他人，用自己的力量传递文明。

　　一个志愿者，发出一缕光；无数红马甲，温暖一座城。"人人参与、人人有责"的"磁场"悄然改变着市民的精气神，向善之魂源源不断融入城市品格，衡阳身边好人、道德模范不断涌现，"好人现象"引发的"好人效应"，成就了整个城市"向善而生"的底蕴，大城风范和文化底蕴不断彰显。

　　● 　"衡阳群众"志愿者正在捡拾河边垃圾

"00 后"青春派逐梦航天

——————————————————— 衡阳技师学院

衡阳技师学院位于湖南省衡阳市,是经湖南省人民政府批准成立的湖南第一所技师学院,设有电气工程学院、智能制造学院、交通工程学院等学院,是全国职业教育先进单位、全国技能人才培育突出贡献奖获奖单位、国家高技能人才培养示范基地。

"11 月 24 日,探月工程嫦娥五号通过长征五号遥五运载火箭在中国文昌航天发射场发射成功,开启我国首次地外天体采样返回之旅。……在本次任务中,衡阳技师学院的学生承担了长征五号运载火箭某核心阀体加工工作,参与了嫦娥五号某重要产品的电子元器件组装相关工作,学生们刻苦勤勉,踏实工作……"这是 2020 年 12 月 12 日上海航天技术研究院第八〇三研究所(简称 803 所)给衡阳技师学院发来的感谢信。

梦想像埋在地下的种子一样,一定要滋润萌芽,伸出地面来寻找阳光。2019 年 4 月,衡阳技师学院就业团队主动出击,前往上海航天城,寻求与 803 所的合作。一番接触后,803 所决定派员到学校考察。5 月,803 所招聘团队到衡阳技师学院组织面试和实训考核，一次性挑中了 53 名优秀学生，先期以顶岗实习的形式进入岗位，试用一年后，若考核通过再办理转正手续。而招聘团队从上海出发前，本来只计划招聘 40 名学生，后经考核发现，"好苗子"远远不止 40 个，于是果断决定增加名额。

别看这是一群清一色的"00 后"，他们青春的面庞上无不洋溢着自信的光芒。这 53 名学生，大多参加过学校组织的高强度实训、集训，虽然平均年龄只有 20 岁，但每一个人都"身经百战"。他们共获得了国家级技能竞赛奖项 3 个、省级技能竞赛奖项 15 个，技能水平达到了高级技工、预备技师层次。

积小流成江河，"小梦"凝聚成"大梦"，梦想也可以照亮现实。一年的试用期结束，第一批入所的学生结束顶岗实习，并顺利毕业。除了一名学生因军人情结应征入伍外，其余 52 名学生全部被 803 所录用。他们勤于钻研，学习能力、动手能力强，得到了 803 所的充分认可。

奋发图强，履行使命争卓越。在探月工程嫦娥五号任务中，"00 后"的他们承担了长征五号运载火箭某核心阀体加工工作，参与了嫦娥五号某重要产品电子元器件组装相关工作。他们无惧任何艰难险阻，带着"吃得苦、耐得烦、霸得蛮"的湖湘精神，深深地扎进追逐星辰大海的航天报国梦中，大力践行了"追逐梦想、勇于探索、协同攻坚、合作共赢"的探月精神，为任务的圆满成功作出了贡献。

衡阳的乡村振兴画卷

——————————————— 乡村振兴

乡村振兴战略是 2017 年 10 月 18 日在党的十九大报告中提出的战略。十九大报告指出，农业农村农民问题是关系国计民生的根本性问题，必须始终把解决好"三农"问题作为全党工作重中之重。

实施乡村振兴战略，是全面建设社会主义现代化国家的重大历史任务。衡阳市委、市政府把实施乡村振兴战略作为新时代"三农"工作的总抓手，按照"产业兴旺、生态宜居、乡风文明、治理有效、生活富裕"总要求，科学有序推动巩固拓展脱贫攻坚成果同乡村振兴有效衔接，全面推进产业振兴、人才振兴、文化振兴、生态振兴和组织振兴，一幅"农业强、农村美、农民富"的乡村振兴画卷正徐徐展开……

走进衡阳县岘山镇岘山村两塘组，被青山绿水环绕的房屋庭院错落有致，柏油马路蜿蜒穿村，文化墙画新颖多彩。闲暇时，村民们在这里休闲健身，屋场前波光粼粼的池塘、郁郁葱葱的树木交相辉映，构成一幅美丽宁静的乡村画景。

阳春三月，衡南县硫市镇新华村美丽如画，成片的油菜花散

● 衡阳市珠晖区茶山坳镇堰头村金甲梨园

发着浓郁的芳香，宽敞的水泥路像一条条玉带蜿蜒在山水田野间，成群的鸡鸭扑腾着翅膀欢快地吃草觅食。百亩油茶基地建成，光伏电站并网运营，4G 信号覆盖全村，夜晚路灯璀璨辉映，村集体经济收入由原来的 0 元达到 8 万余元……山乡巨变让村民幸福的脸上笑靥如花。衡阳县清花湾片区实现村社合一，开办 12 个村级合作社，村集体经济收入由年均 0 元变为 4 万元。村民以土林草水资源经营权、自有设施设备、扶贫小额信贷资金等入股，通过"保底收益＋按股分红"方式，实现人均年收益 3000 元以上。

　　珠晖区茶山坳镇堰头村是全国乡村旅游重点村、中国美丽休闲乡村、湖南省美丽乡村示范村，也是衡阳市近年来最热门的乡村游景点之一。这里，有鹿园、射击场、精品民宿，让多元休闲

"玩"起来；这里，四季有花、月月有果，好看更好吃，让观光农业"种"出来；这里，有植物科普、田间课堂、咖啡书吧，让文化民俗"融"进来。这里，"合作社＋基地＋村集体＋农户"的合作机制，让村集体和群众实现了"双致富"——2021年村集体年收入突破78万元。

2022年4月21日，市委、市政府开展"万雁入乡"行动，赋能乡村振兴。首批5000余名先行者正式奔赴乡村一线，与人民群众心手相连奔幸福、风雨同舟共甘苦，在新时代新征程上留下无悔的奋斗足迹。"头雁勤，春风一夜入城乡。"衡阳正上下同心、干群同力，奋力谱写新时代乡村振兴的精彩篇章。

党史馆飘扬的红领巾

衡阳党史馆 ──────────

　　中国共产党衡阳历史馆（衡阳党史馆）坐落于衡阳市雁峰区南湖公园，2021年6月25日正式对外开放，是湖南省党史教育基地、衡阳市党史教育基地，设有各类红色文化展览和体验活动，红色底蕴深厚、设计理念创新、展陈内涵丰富、呈现方式多样、服务周到细致，吸引了一批批参观者，得到广泛赞誉。

　　历史川流不息，精神代代相传。

　　在衡阳党史馆，你经常会看到一个个红领巾出现在展台前，这是红领巾讲解员在展馆向参观游客讲解衡阳党史故事，用实际行动传承红色基因，争当革命精神传人。

　　为了厚植爱党爱国爱社会主义情怀，共青团衡阳市委、衡阳党史馆先后联合举办了两期招募活动，经过层层筛选，共招募红领巾讲解员60人。经过培训后，两期红领巾讲解员分别于2021年和2022年国庆节正式上岗。红领巾的那抹红，成为衡阳党史馆一道亮丽的风景。

　　每到周末和其他节假日，这些朝气蓬勃的"小讲解员"就来

● 中国共产党衡阳历史馆

到展馆，用清脆稚嫩的童声，向观众讲述衡阳党组织的百年发展历史。他们或激情澎湃、慷慨激昂，或饱含深情、娓娓道来，让红色故事"声"入人心，把听众带回到革命先辈浴血奋战、激情燃烧的光辉岁月，充分表达了少先队员对光辉历史的崇敬、对革命英雄的礼赞和对家乡的热爱。

在序厅正面锻铜雕塑的《共产党宣言》前，来自衡州小学 6 岁的周林霏同学，以"真理的味道非常甜"为题，绘声绘色地讲述了陈望道翻译《共产党宣言》的故事。她是红领巾讲解员中年龄最小的一位，她在讲解的最后表示："新时代的红领巾同学，要学习先辈们自力更生、艰苦奋斗的精神，坚定不移听党话、跟党走，做自立自强的勇敢少年。"

在夏明翰烈士展板前，来自华新小学的肖道同学，声情并茂地讲述着夏明翰烈士在监狱中坚贞不屈的故事，并深情朗诵了烈士的"就义诗"。最后，他深有感触地说："幸福生活来之不易，我们要沿着革命先辈的足迹继续前行，好好学习，天天向上，把红色江山世世代代传下去。"说完，他举起右手敬了一个标准的少先队礼，赢得了听众的热烈掌声。

熠熠生辉的党徽下，红领巾讲解仍在进行。馆外，"这个世纪少年，使命永远放心间"的优美旋律在初心广场上空久久回荡。

徐斌舍命护群众

———— 徐斌

徐斌，湖南衡阳人，2013 年考入公安队伍，是湖南省高速公路交通警察局衡阳支队衡南大队四级警长、三级警督。2022 年他在处理交通事故过程中，为救遇险当事人，不幸因公牺牲。

从警 9 年来，他扎根在京港澳、许广等大流量主干高速公路一线；他无惧"白加黑"地加班加点，尽心尽职，调查取证各类资料超过 10 万份；他始终站在老百姓的角度思考问题，以心换心、诚实待人。他在交通事故现场处置警情时，奋力推救身边的遇险群众，就是这一推，他把生推给了别人，把死留给了自己。

他叫徐斌，1987 年出生在湖南衡阳，2013 年 11 月考入公安队伍，是湖南省高速公路交通警察局衡阳支队衡南大队四级警长、三级警督，一直在基层一线担负事故处理等工作。

黑夜因为有了明月衬托而更美丽，鲜花因为有了绿叶的环绕而更娇艳，人间因为有了无畏而更美好。2022 年 5 月 1 日 21 时 5 分，许广高速衡阳段发生一起 3 车追尾事故，造成人员受伤、通行受阻。此时徐斌刚刚在队部做完另一起事故的调查笔录，了解情况后，21时53分，他向大队领导唐君成主动请求："队长，我这里忙完了，你那里需不需要支援？"

"不要来了，这边快搞完了，你马上就要上通宵班，先休息一下。"唐君成答道。

"我还是来一下，多几个人可以快点把路疏通。"徐斌挂断电话，就喊上辅警张鹏赶赴事故现场。

22时5分，徐斌到达现场，迅速投入救助群众和现场勘查工作中。4分钟后，一辆小型客车（驾驶人涉嫌疲劳驾驶）冲入事故现场安全防护警戒区，徐斌发现危险后立即大喊"快走"，危急之中奋力推开身边的事故当事人，自己却倒在血泊中……为人民而忘我奉献、无畏牺牲，这是35岁的徐斌在生命最后一刻做出的选择。

"要在危难时刻挺身而出，维护国家和人民的利益。"这是徐斌在入党申请书上写的铮铮誓言。他是这么说的，也是这么做的。当险情来临，他用身体筑起安全防线，守护群众安危；当事情涉及群众利益，他便当成大事、要紧事，把服务人民的职责坚持好、落实好，彰显出一名党员民警的坚定政治信念和拳拳赤子之心。徐斌牺牲后，央视新闻、华声在线等媒体纷纷发文高度赞扬他的英雄壮举。我们要崇尚英雄、学习英雄，像徐斌那样，以人民为重、以百姓之心为心，蓄积起奋发有为、服务人民的精气神。

龙耀瑾在烈火中永生

龙耀瑾

1999 年，龙耀瑾出生于衡阳县洪市镇杨池村柏冲组一个普通家庭，2016 年参加消防工作，参与灭火救援战斗 800 余次，多次荣获嘉奖。2022 年，龙耀瑾在参加一次燃爆事故处置时，不幸壮烈牺牲。

2022 年 6 月 1 日 6 时，长沙县东三路幸福里润城小区一门面房发生火灾并引发燃爆事故，长沙县星沙消防救援站首批救援力量到场灭火。处置过程中，现场突发爆炸，执行可燃气体检测任务的龙耀瑾同志不幸壮烈牺牲，年仅 23 岁。

龙耀瑾，男，中共党员，1999 年 10 月出生于衡阳县洪市镇杨池村柏冲组一个普通家庭，2016 年 9 月参加消防工作。加入消防救援队伍以来，龙耀瑾先后参加灭火救援战斗 800 余次，营救被困群众 70 余人，荣获嘉奖 5 次。龙耀瑾牺牲后被追认为烈士，追记个人一等功，骨灰安放在衡阳市烈士陵园。

龙耀瑾 2016 年当兵，本有机会入职武警，但他毅然选择了消防兵这个职业。他父亲说："儿子儿媳早就已经打好结婚证，但因工作忙，婚礼一推再推，没想到白发人送黑发人。"龙耀瑾性格友善、待人真诚，乡亲们一说起龙耀瑾，都纷纷竖起大拇指："这孩子懂礼貌、重情义，尊重长辈、团结乡邻，在外遇到需要帮助的事情，他一定出手相助，不仅帮人挑过担、捐过款，还做好事不留名。"

正是因为龙耀瑾有着乐于奉献、不怕牺牲的优良品格，才会有赴汤蹈火、竭诚为民的壮举。在国家和人民生命财产受到威胁的紧急关头，龙耀瑾挺身而出，不畏艰险，在血与火、生与死的考验中，用无私无畏的精神书写了忠诚于党、忠诚于人民的时代答卷，用青春的热血践行了人民至上、生命至上的铮铮誓言！

城市中的温暖港湾

———————————————— 城市驿站

> 为改善街面一线工作人员的工作环境，2021年起，衡阳市开始在城区规划建立城市驿站，驿站内设有卫生间、沐浴间、休息室等，配有休息椅、书架、沙发、饮水机、空调等便民设施，为环卫工、快递员等工作人员提供舒适的休息之所，提供更有温度的城市服务。

一座城市的开放，不仅要有"速度"，更要有"温度"。衡阳城市驿站，是对城市文明的一种深层演绎：冬日寒霜有一杯热茶，夏日炎热有一缕凉风，这些小小愿望的实现触及环卫工人的内心，也提升了广大市民的幸福感、归属感。

为改善街面一线工作人员的工作环境，2021年7月，衡阳市把城市驿站建设与推动党史学习教育常态化长效化相结合，在衡阳市中心城区和南岳区规划建设72座城市驿站，用于解决城区环卫工、快递员等街面一线工作人员及行人的"厕位""歇位"问题，打造一线作业人员和市民的"暖心港"。

船山驿站位于高新区船山公园西南角，驿站占地约210平方米，总投资150万元，2022年1月动工，2月18日交付使用。

● 衡阳城市驿站

驿站设有卫生间、会客厅、餐厅、更衣间、休息室、阅览室等
6个功能间，微波炉、饮水机、空调、应急药箱、共享雨伞、
Wi-Fi（无线网络）等一应俱全，还配置了儿童洗手台和残障人
士专用卫生间。

"冷可取暖、热可纳凉、渴可喝水、累可歇脚……这座驿站
是我们共同的'港湾'。"环卫工人罗高宇连连夸赞船山驿站建
得好，极大改善了附近100余名环卫和园林工人的工作条件。

"清洁了一上午的路面，就想找个地方歇歇脚，喝口热水，
现在有了雁城驿站，我们就等于多了个温暖的家。"环卫工人陆
元翠每天工作累了后，都会走进位于衡阳市蒸湘区蔡伦大道衡钢
连线路口的雁城驿站，端起一杯热茶，仰头喝下，脸上洋溢着幸
福的笑容。

城市驿站化解了街面一线工作人员"夏天解暑树下蹲，冬天取暖来回走"的尴尬，也温暖着每一个需要帮助而前来的人。同时，城市驿站也成为"衡阳群众"开展志愿活动的好平台，他们在驿站经常性开展义诊、公益理发、亲子绘画、生日会等温馨活动，弘扬互相帮助、助人自助、无私奉献、不求回报的志愿者精神，擦亮"衡阳群众"志愿者品牌。中央党史学习教育督导组对此高度赞誉，中央广播电视总台《新闻联播》对此进行了宣传推介。

"小驿站"彰显为民服务"大情怀"。截至 2022 年 2 月，衡阳已建成城市驿站 11 座，合计增加"厕位"73 个、"憩位"141 个。未来，还会有更多的城市驿站陆续建成，它们将点亮衡阳"美好生活"，让"爱的温暖"流淌在城市的各个角落，让幸福之花处处开放。

"人才雁阵"齐高飞

"人才雁阵"计划

衡阳的人才引进政策，意在通过优厚条件吸引各类人才来衡阳就业创业，构建群雁齐飞的人才雁阵格局。其中，引进人才主要包括"头雁"（高层次人才）、"俏雁"（紧缺人才）、"雏雁"（青年人才）、"名雁"（名家名医）四个方阵。

每到深秋，我们会看到排成"人"字形的雁阵从天空掠过，有时几十只、数百只，有时甚至有上千只。它们从西伯利亚高原，以超过 70 千米的时速，穿蒙古，过华北，越黄河，翻秦岭，一路飞向南方。相传"北雁南飞，至此歇翅停回"，衡阳因此得名"大雁之城"。

择一城而终老。为了让更多的"头雁"领飞蒸湘，让更多的"群雁"会聚衡阳，共同谱写"惟楚有才，于斯为盛"的衡阳篇章，市委、市政府大力实施"人才雁阵"计划，着力构建"头雁"（高层次人才）、"俏雁"（紧缺人才）、"雏雁"（青年人才）、"名雁"（名家名医）四大人才方阵。

春分刚过，喜迎春雨，衡阳如火如荼地举行着博士行动（第

164

● 衡阳举办的"博士行动"现场

三季·2023）集中洽谈签约活动。

在 3 月 24 日的洽谈活动现场，一对湖南大学物理学博士情侣格外引人注目。蒋星星是衡南人，谭洁瑶是广东清远人，由于家乡情怀和衡阳高含金量的人才引进政策，他们最终选择来到衡阳师范学院。

这次拟引进的博士代表肖飞平欣喜地表示，衡阳创新推出"一人双岗""一人多岗"的校企合作引才模式，入衡博士不仅可以在驻衡高校担任科研和教学等职务，还能够在企业挂职，助推企业的技术创新。此外，衡阳发放的"雁城英才卡"更是可以让入衡人才享受创新创业、金融贷款、安居保障等服务。一系列优质服务，让他们感受到了一座城市对人才的渴求和尊重。

"现在的衡阳比任何时候都更加需要人才、渴望人才。"衡阳市委书记刘越高在致辞中殷切地期盼更多的头雁领飞雁城、更多的群雁会聚衡阳，在这片热土上尽情释放创新智慧和创业激情，携手迈上幸福之路，心向远方、奔赴未来。

　　当天，186名博士现场与在衡高校和企业签订引进意向协议，至此，三季"博士行动"下来，已经有833名博士落户衡阳，相聚成雁阵。

　　这些引进的博士既能在高校承担科研教学任务，又可通过兼职、项目合作、成果转化等方式在企业创新创业。他们共服务205个企事业单位，获得省级及以上奖项150项，解决技术难题55个，申报课题项目346个，成果转化21项，创造经济效益近3亿元，人才这个"关键变量"正转化为驱动衡阳高质量发展的"最大增量"。

　　大雁之城，未来可期。

"祝融之火"点燃衡阳旅游经济

祝融号火星车

祝融号，是我国首次执行火星探测任务的"天问一号"火星探测器的任务火星车，高度有 185 厘米，重量 240 千克左右。火星车以火神之名"祝融"命名，寓意点燃我国星际探测的火种，指引人类对浩瀚星空、未知宇宙的接续探索和自我超越。

祝融，神话传说中的古帝，以火施化，号赤帝。相传，上古帝喾在位时，有一个叫重黎的人，是颛顼的儿子，他的官职是"火正"，即火官。重黎忠于职守，努力为帝喾和广大平民服务，当火官有功，于是帝喾赐以"祝融"的封号。"祝"是永远、继续的意思，"融"是光明的象征，就是希望重黎继续用火来照耀大地，永远给人带来光明。祝融死后，葬在南岳衡山舜庙的南峰，后人为了纪念他，就把南岳最高峰称为祝融峰。

在 2021 年中国航天日开幕启动仪式上，我国首辆火星车名称揭晓，历经作品提交、评委函审、初评入围、网络投票、终审评审五个阶段，"祝融"以五十多万票荣登榜首，首辆火星车最终被定名为"祝融号"，这一消息传到南岳，祝融殿前顿时成了一片红色的海洋。

祝融号"火"了，南岳也"火"了。祝融号"火"是因为它寓意点燃中国星际探测的火种，指引航天人不断超越，逐梦星辰，承载着人们对遥远星空和未知宇宙的无尽憧憬。南岳"火"是源于它悠久的历史和丰富的文化内涵，更因为有"祝融探火"般进取、创新精神的衡阳人的努力和拼搏。

南岳衡山素以"五岳独秀""中华寿岳""宗教圣地"著称，这里的山岳文化、"祝融"火文化、抗战文化、福寿文化、宗教文化等底蕴深厚，是湖南名副其实的历史文化名片。

近年来，南岳衡山坚持以文塑旅、以旅彰文，打造祝融小镇，举办各类活动，如南岳观象节、南岳庙会、"衡山派"国潮音乐节、

● 南岳衡山祝融峰

湖南衡阳大健康产业发展大会等，南岳火力全开，创新文旅产业。

2023 年夏天，南岳推出丰富多彩的夜间主题活动，夜游、夜演、夜市……多姿多彩的夜生活，在为人们带来更多体验的同时，也点燃了"夏日夜经济"，激发出消费新潜力。

南岳山下，伴随夜幕低垂，白天的暑热渐渐消散，惬意而清新，透露着文艺气息，炽热、富有情调……只待音乐点燃夏夜最热的一把烈火。这是衡阳举行的首个以火文化为主题的"火苗音乐节"。说唱、流行、民谣……十多支乐队，超强明星阵容，为游客带来最燃的夏季音乐体验。

和音乐节一样人气旺盛的，还有位于万寿广场对面的庙东美食街。臭豆腐外焦里嫩、烈火牛肉香气扑鼻、清补凉甜糯可口……这里美食云集，食客们在商户吆喝声中享受大快朵颐的快感。现场，灯笼、油纸伞等各类古风打卡点吸引着大家纷纷驻足拍照。

近年来，南岳深入挖掘自身文化内涵，将传统文化与音乐节、美食节、研讨会、研学等活动融合，满足消费人群多样化需求，推动旅游经济发展，打造文旅融合新业态，省外游客不断增加，消费能力大幅提高，旅游经济高质量发展取得了新的突破。

飞向火星的"祝融号"已经成功降落在了火星表面，而有着积极、进取、拼搏、创新精神的衡阳人仍举着"祝融之火"努力建设美好衡阳，创造美好生活。

附录|岁月留声视频二维码

歌曲名称	二维码	歌曲名称	二维码
《国民革命歌》		《师魂》	
《就义歌》		《东方有条神奇的江》	
《我是一个兵》		《衡阳美》	
《挑担茶叶上北京》		《祝融探火》（节选）	
《学习英雄欧阳海》			

后 记

2021 年 6 月 25 日，中国共产党衡阳历史馆正式开馆。为实现中共衡阳市委提出的建设"全国知名、省内一流"的党史场馆的目标，打造党史宣传名片，中共衡阳市委宣传部、中共衡阳市委党史研究室、衡阳市广播电视台采取以史串歌、以歌释史的形式，将中共党史、衡阳地方党史中的重大事件、重要人物、重大成就，用《就义歌》《国民革命歌》《我是一个兵》《学习英雄欧阳海》《衡阳美》等 17 首与衡阳紧密相连的歌曲串联起来，创作成《星火起湘南——衡阳音乐党史课》，配以解说、图片、画面，讲述衡阳历史，分享衡阳荣光，展示衡阳成就。《星火起湘南——衡阳音乐党史课》一经推出，便得到了广大党员干部和社会各界的认可和推崇，现已成为衡阳一张亮丽红色名片，被中宣部《党建》杂志刊发，被评为首届湖南省党史学习教育创新案例，被纳入衡阳市新时代文明实践"四会一课"重要内容，走进了上海交大，社会好评如潮。

为进一步贯彻落实习近平总书记关于深化思政课改革创新的重要指示精神，深入推进学习贯彻习近平新时代中国特色社会主义思想主题教育，探索党史学习教育常态化长效化机制，最大限度地转化利用好《星火起湘南——衡阳音乐党史课》成果，中共衡阳市委党史研究室联合湖南人民出版社，采用群众喜闻乐见的经典歌曲＋耳熟能详的感人故事的形式，征编《音乐里的衡阳记忆》主题图书，以音乐回望党史，用歌声铭刻初心，在润物无声中讲述一起起与国家前途命运息息相关的衡阳重大历史事件、一个个感人至深的衡阳红色故事、一段段衡阳仁人志士筚路蓝缕的奋斗历程，为全市党员干部和中小学生提供一本走"新"又走"心"的红色思政教科书和党史学习教育读本。

本书的征编得到了各级领导的高度重视和深切关注。市委常委、市委宣传部部长周玉梅对征编工作给予了充分肯定，并提供了宝贵的指导意见。

省委党史研究院院长胡振荣高度重视，组织专班审阅文稿，提出了有价值、有见地的评审意见。

市委党史联络组顾问刘增科、市委党史联络组常务副组长肖长贵精心指导，严格把关，认真评审，提供了许多史料和素材。

本书的征编工作还得到了市内外相关单位和领导专家的指导和支持。陈群洲、刘云宝、陈文杰、谭崇恩、赵建华、蒋金鑫、谢志成等领导和专家参加评审会，提出了宝贵的评审意见。

本书编写组成员蒋玉成、廖建萍、石琪、欧阳曦、谭明楚、唐丛玉、廖嘉玲、彭龙苏、刘望春、贺亦韬、刘逸雯、汪弋歆、胡雅文等同志以高度负责的精神和精益求精的态度，查阅档案资料，收集图文照片，采访相关人员，反复修改完善，努力提高文稿质量。

谢虹、刘清华等同志负责统稿工作。

省人民出版社陈嫦娥、邓志祥、杨帆、徐婉司等同志制作征编方案、统筹编排设计、组织书稿送审，为征编该书提供了坚强的保障。

在此，谨向所有关心、支持、指导本书征编工作的各级领导、各个单位、各位同志，表示衷心的感谢和崇高的敬意。

由于本书时间跨度大，内容涉及面广，加上编者水平有限，书中尚有不足和错漏之处，祈请读者批评指正。

编者

图书在版编目（CIP）数据

音乐里的衡阳记忆 / 谢虹主编. --长沙：湖南人民出版社，2024.7
ISBN 978-7-5561-3351-2

Ⅰ.①音…　Ⅱ.①谢…　Ⅲ.①故事—作品集—中国—当代　Ⅳ.①I247.81

中国国家版本馆CIP数据核字（2023）第186840号

YINYUE LI DE HENGYANG JIYI

音乐里的衡阳记忆

主　　编	谢　虹	
出版统筹	陈嫦娥	
特约编辑	徐婉司	欧阳泽林
责任编辑	彭　慧	
责任校对	唐水兰	
责任印制	肖　晖	
装帧设计	姚双林	

出版发行	湖南人民出版社［http://www.hnppp.com］
地　　址	长沙市营盘东路3号
邮　　编	410005
经　　销	湖南省新华书店

印　　刷	长沙超峰印刷有限公司
版　　次	2024年7月第1版
印　　次	2024年7月第1次印刷
开　　本	710 mm × 1000 mm　1/16
印　　张	12
字　　数	120千字
书　　号	ISBN 978-7-5561-3351-2
定　　价	49.00 元

营销电话：0731-82221529　（如发现印装质量问题请与出版社调换）